江戸川亂步傑作集 3

江戸川亂步傑作集 3

芋蟲

輕文學
Light Literature

台灣角川

著／江戶川亂步　插畫／咎井 淳　NOT FOR SALE

這段故事有點噁心，
膽小的讀者或許略過比較好。

節錄自〈盲獸〉

插畫／咎井淳
監修／平井憲太郎

芋蟲

時子告別主屋之後，穿過雜草叢生、幽暗荒涼的寬敞庭院，走向他們夫婦倆居住的別院，懷著異樣的心情回想剛才主屋的主人——後備少將對她說的那些老套讚美詞句，感覺如同咀嚼她最討厭的烤味噌茄子一般。

「須永中尉（說來滑稽，至今後備少將仍以從前的威武軍銜，稱呼那個人不人、鬼不鬼的殘廢士兵）的忠烈是我們陸軍的驕傲，這是舉世皆知的事。不過，妳的貞節也是難能可貴。三年來，妳捨棄自己的所有慾望，全心全意照顧這樣的廢人，從未露出半點不耐煩之色。或許有人會說這是為人妻子應當的義務，但可不是人人都做得到。我真的很佩服妳，這可謂是當世美談啊！不過，以後的日子還很漫長，請妳一本初衷，繼續照顧他。」

每次見面，年老的鷲尾少將總要大肆褒獎他的昔日部下（現在是他的食客）須永廢中尉與他的妻子一番，彷彿不說心裡就不痛快。時子只要聽見這番話，心裡的滋味便如同方才所說的烤味噌茄子一般。但是，她又無法終日與一個不能言語的殘障者枯坐對望，只好盡挑老少將不在時去找他的妻女聊天，以免遇上他。

起初，這些與時子的犧牲精神及稀世貞節相得益彰的讚美詞句，伴著一種難以言喻的榮耀快感撩撥她的心。然而，近來時子再也不能像以前那樣受之無愧，甚至覺得這些讚美詞句很可怕。每當聽到這番話，便猶如被人指著鼻子譴責：「妳根本是躲在貞節的美名背後，行駭人聽聞的罪惡之事。」教她不寒而慄。

仔細想想，連時子自己也很訝異，人心的變化居然如此劇烈。起先，她只是個不諳世事、內向且名副其實的貞節妻子。如今，姑且不論外表看來如何，她的內心已被令人毛骨悚然的情慾魔鬼盤據，變得判若兩人，甚至把可憐的殘廢（用殘廢這個字眼不足以形容的悲慘殘廢）丈夫——過去曾是保家衛國的忠勇軍人——當成為了滿足情慾而飼養的野獸或道具。

這個淫亂的魔鬼究竟是打哪來的呢？是那團黃色肉塊的奇異魅力所致（事實上，她的丈夫須永中尉就是團黃色肉塊，宛若畸形的陀螺一般勾起她的情慾）？又或是年屆三十的她，從體內溢流而出的不知名力量所致？或許兩者皆有也說不定。

每當鷲尾老人又說什麼，時子便對自己近來變得油膩許多的肉體，以及旁人八成也聞得到的體味感到萬分心虛。

「怎麼會像吹氣球一樣胖成這樣呢？」

可是，臉色卻莫名蒼白。老少將總是一面說著老套的讚美詞句，一面狐疑地望著時子油膩肥胖的身軀。或許這就是時子避著老少將的最大原因。

這裡是偏僻的鄉下地方，主屋和別院之間相隔近兩百尺（註1），中間是沒有道路的雜亂草原，不時有錦蛇窸窸窣窣地爬出來，稍微踩偏了，甚至可能掉進雜草覆蓋的古井裡，十分危險。寬敞的宅院四周是徒具形式、參差不齊的籬笆，籬笆外是連綿不絕的田地。他們居住的兩層樓別院，即是以遠方的八幡神社森林為背景，黑漆漆地佇立著。

天上的星星一顆接一顆地眨起眼來，房裡應該已經變得烏漆墨黑吧。她的丈夫無法點燈，因此她若沒有點燈，那團肉塊便只能在黑暗之中倚著輪椅，或是從輪椅滑落到榻榻米上，不住地眨眼。說來可憐，一思及此，便有股不快、悽慘、悲哀，卻又帶有幾分肉慾的感情爬上她的背。

隨著逐漸接近別院，可看見二樓的紙窗張大漆黑的嘴巴，宛若某種象徵。一陣拍打榻榻米的咚咚聲從窗口傳來。「啊，又來了。」她的惻隱之心油然而生，忍不住熱淚盈眶。那是行動不便的丈夫叫人的方式。一般人是拍手叫人，他卻是仰躺著用頭撞擊榻榻米，性急地呼喚他唯一的伴侶時子。

「我這就來了。你餓了吧？」

明知道殘廢的丈夫聽不見，時子卻習慣一面這麼說，一面慌慌張張地衝進廚房，爬上旁邊的梯子。

二樓是個六疊大（註2）的房間，有個徒具形式的壁龕，角落擺著油燈和火柴。她猶如母親對奶娃兒說話般，不斷自言自語（因為她的丈夫完全聽不見）：「等很久了吧？對不起。」或是「就來了、就來了，一直催我也沒用啊！烏漆墨黑的，什麼都看不見。我這就點燈，再等會兒、再等會兒。」並把燈點上，端到房間邊緣的桌子旁。

桌子前有張綁著友禪染美麗諾羊毛坐墊、叫專利什麼式來著的輪椅，但輪椅上空空如也，只有一個異樣的物體倒在遠處的榻榻米上。那個物體穿著老舊的大島銘仙和服，模樣看來煞是怪異，與其說是穿著和服，倒不如說是裹著，或是說有個大島銘仙包袱擱在那兒比較貼切。一顆人頭從包袱裡伸出來，宛若中華蚱蜢，又好似某種奇妙的自動機器般不斷敲擊榻榻米。每敲一次，大包袱便因為反作用力而微微移位。

「別這麼生氣嘛！怎麼了？這個？」

說著，時子做出吃飯的手勢。

註1／日本單位的一尺約等於三十點三公分。
註2／疊為計算榻榻米的單位，兩疊約為一坪。

「不是啊？那是這個？」

她又做了另一個手勢，然而，不會說話的丈夫再度搖頭，又用頭猛撞榻榻米。砲彈的碎片使得他面目全非，左耳垂完全消失，只留下一個小小的黑孔。左側的嘴角沿著臉頰至眼睛下方有道宛若縫合過的大疤痕，右側太陽穴至頭頂也有一道醜陋的疤痕。喉嚨凹陷，鼻子、嘴巴都不留原形。在這張活像妖怪的臉上，僅有一處與醜陋的周圍相反，仍算得上完整，便是那一雙如無邪孩童般清澈的圓眼。而這雙眼睛現在正焦慮地眨動著。

「那是有話要說囉？你等等。」

她從抽屜裡拿出雜記簿和鉛筆，讓殘廢的丈夫用歪嘴叼著鉛筆，並把雜記簿攤開放到他旁邊。這是因為她的丈夫既不能說話，也沒有手腳可拿筆。

『妳嫌棄我了？』

廢人猶如路邊的殘廢乞丐，用嘴巴在妻子遞出的雜記簿上寫字。他花了好一段時間，寫下非常難懂的片假名。

「呵呵呵呵，你又吃醋？沒這回事、沒這回事。」

她一面笑一面用力搖頭。

然而，廢人又焦急地用頭撞擊榻榻米，時子明白他的意思，再度把雜記簿送到他嘴邊。

只見鉛筆搖搖晃晃地動著，並寫下這些字：

『妳去哪裡？』

見狀，時子從殘廢的丈夫口中一把搶過鉛筆，在空白處寫下「鷲尾家」，並把簿子推到對方眼前。

「你也知道吧？我哪有別的地方可去？」

廢人又要求她把雜記簿拿過來。

『三小時。』

他如此寫道。

「你孤孤單單地等了三小時？對不起。」她露出充滿歉意的表情，低頭賠罪。「我不去了，不去了。」她一面說道一面搖手。

狀若包袱的須永廢中尉當然還沒說夠，但似乎覺得用嘴巴寫字過於麻煩，不再轉動腦袋，而是將千言萬語藏在一雙大眼之中，目不轉睛地凝視時子的臉。

時子知道這種時候該如何讓丈夫消氣。既然語言不通，自然無法細細分辯，而更勝千言萬語的微妙眼神，對於腦袋變得遲鈍的丈夫根本不管用。因此，每當小倆口為了這種莫名其妙的事情吵架時，到最後往往是雙方都不耐煩，便使用最快的手段和解。

她突然屈身伏在丈夫身上，在那張扭曲的嘴唇和散發滑潤光澤的大疤痕上降下親吻之雨。只見廢人的眼裡終於出現安心之色，扭曲的嘴角浮現哭泣般的醜陋笑容。出於平時的習慣，時子看了，依然沒有停止瘋狂的親吻。這麼做一方面是為了強迫自己忘記對方的醜陋，投入甜美的興奮之中；另一方面則是出於某種不可思議的感情，想要盡情欺凌這個失去起居自由的可憐殘廢。

然而，廢人對於她過度的好意大感錯愕，喘不過氣來的痛苦使得他的身體不斷掙扎，醜陋的臉龐詭異地扭曲著，苦悶之情溢於言表。見到他這副模樣，一如平時，時子體內逐漸湧現某種感情。

她發瘋似地撲向廢人，扯開大島銘仙包袱，只見裡頭露出一團詭異的肉塊。

為何變成這副模樣還能保住一命？這件事在當時轟動整個醫學界，報章雜誌都當作前所未有的奇談來報導。須永廢中尉的身體猶如斷了手腳的人偶，遍體鱗傷，再也無處可供損毀。他的雙手雙腳幾乎是連根切斷，化為微微隆起的肉塊，僅留下些許痕跡。而他的軀幹猶如怪物，從臉孔至全身上下，都有無數的大小傷痕散發著光澤。

雖然慘不忍睹，但不可思議的是，即使身體變成如此，他依舊營養均衡，保有殘廢的健康（鷲尾少將將其歸功於時子全心全意的照顧，在例行讚美時也沒忘記把這一節加上去）。

或許是因為沒有其他樂子，導致食慾猛烈之故，他的腹部圓潤飽滿、鼓脹欲裂，在只剩軀幹的全身之中顯得格外醒目。

他看起來活像一隻黃色大毛蟲，又或是時子常在心中形容的那般，像個奇怪又畸形的人肉陀螺。這是因為手腳遺留的四團肉塊（它們就像手提袋一樣，表皮從四面八方往尖端緊縮，形成深深的皺紋，中心有個可怕的小凹洞）和上頭的隆起物，就像毛蟲的腳一般異樣抖動，以臀部為中心，腦袋、肩膀在榻榻米上團團轉，看上去活脫是個陀螺。

現在，被時子脫個精光的廢人並未多加抵抗，只是抬起眼來，彷彿懷有某種預感般，注視著伏在他頭上的時子那雙瞄準獵物似的瞇瞇眼，以及略微變硬的細緻雙下巴。

時子看得出殘廢的眼神之中帶有的含意。在現在這樣的情況下，只要她更進一步，這種眼神便會消失。然而，每當她在一旁做針線活兒，殘廢無所事事地凝視著房間時，這種眼神就會變得更加深沉，並流露出苦悶之色。

除了視覺與觸覺以外，其他五官幾乎全數喪失的廢人，生來便是個不愛讀書的莽夫；腦袋被震鈍了以後，他更是與文字絕緣，現在和動物一樣，只有物質的慾望才能帶給他慰藉。然而，在這種猶如黑暗地獄的泥淖生活之中，他仍是正常人時學到的軍隊式倫理觀，偶爾會閃過他遲鈍的腦海，與因為殘廢而變得更加敏感的情慾在他的心中交戰，因此，他的眼神才會流露出那種不可思議的苦悶之色——時子是如此解讀的。

時子並不討厭無力之人眼中浮現的不安與苦悶。她雖然是個愛哭鬼，卻喜歡欺凌弱者。非但如此，這個可憐殘廢的苦悶，甚至可說是令她永不厭倦的刺激。就拿現在來說，她不僅毫不體恤對方的心情，反而壓住殘障者，撩撥他變得異常敏感的情慾。

時子作了個模糊不清的惡夢，大叫一聲，滿身大汗地醒過來。

枕邊的油燈燈罩裡積蓄的油煙形成奇妙的形狀，撚細的燈心滋滋作響。房間的天花板和牆壁都泛著異樣的橘色，睡在身旁的丈夫臉上的傷痕在燈影的反射之下，同樣搖曳著橘光。照理說，他應該聽不見剛才的驚叫聲，但他的兩眼卻睜得老大，目不轉睛地凝視天花板。時子看了看桌上的時鐘，才剛過一點。

或許這就是作惡夢的原因吧？時子一醒來，身體便有種不快的感覺。在半夢半醒的她清楚地感受到這股不快之前，眼前突然浮現另一幅景象——先前那場異樣遊戲的幻影。她看見像陀螺一樣猛烈打轉的肉塊，和肥胖油膩的三十歲女人的醜陋身軀，兩者如同地獄圖一般交纏糾結。多麼噁心，多麼醜陋啊！然而，這般噁心與醜陋卻如同麻藥，比任何事物都更能挑動她的情慾、麻痺她的神經。這是活了半輩子的她，從來不曾想像過的。

「啊～啊～」

時子緊緊抱住胸口，發出分不清是嘆息或呻吟的聲音，望著猶如損壞人偶般的殘廢丈夫睡相。

這時候，她才明白醒來之後感受到的肉體上不快是來自於什麼。她一面暗忖「好像比平時早了點」，一面離開被窩、爬下梯子。

當她再度鑽進被窩望著丈夫的臉龐，發現丈夫依然出神地望著天花板，並未轉向她。

「又在想事情了。」

大半夜裡，除了眼睛以外沒有任何器官可表達意志的人，目不轉睛地盯著同一個位置的模樣，帶給她一種恐怖的感覺。他的腦筋雖然已不靈光，但是這種極度殘障者的腦子裡，或許存在著另一個異於常人的世界，而他正在那個世界裡徘徊。一思及此，時子忍不住發毛。

她已經完全清醒，再也睡不著。腦袋瓜裡有種轟轟轟轟轟的聲音，活像火焰旋渦的感覺。各式各樣的妄想不斷浮現，又隨即消失。在這些妄想之中，摻雜三年前讓她的生活變得截然不同的那件事。

當她接到丈夫受傷、即將被送回內地的通知時，第一個念頭是「幸好不是戰死」。當時仍有往來的那些同袍太太欣羨不已，說她很有福氣。不久後，報紙報導丈夫的顯赫戰功，同時她也得知丈夫的傷勢相當嚴重。想當然耳，她壓根兒沒想到居然嚴重到如此地步。

前往駐地醫院探望丈夫時的情景，她大概一輩子也忘不了。面目全非的丈夫躺在純白被單裡，迷迷糊糊地望著她。當醫生夾雜著難懂的術語，說明時子的丈夫因為負傷而耳聾，又因為發音功能受損，再也不能言語之時，她已經紅了眼眶、頻頻擤鼻涕。她完全不知道之後有多麼可怕的事等著她。

相貌威嚴的醫生露出同情的表情，一面對她說：「看了以後可別驚訝。」一面輕輕掀開白色被單給她看。只見宛若惡夢裡出現的妖怪一般，一個該有手的地方沒有手、該有腳的地方沒有腳，只剩下以繃帶包得圓滾滾的軀幹駭人地躺著，看起來像個沒有生命的石膏胸像躺在床上。

她感到一陣暈眩，在床腳蹲下來。

直到醫生和護士帶她到另一個房間，她才悲從中來，不顧旁人的目光放聲大哭。她趴在有些骯髒的桌子上，哭了好長一段時間。

「這真的是奇蹟。失去雙手雙腳的傷患不只須永中尉一個，可是其他人都沒能撐過去。真是個奇蹟啊！這全得歸功於醫官和北村博士的驚人醫術。其他國家的駐地醫院都沒有這樣的案例。」

醫生在伏案大哭的時子耳邊說著這番話安慰她，「奇蹟」這個不知該為之喜悅或悲傷的字眼一再重複。

不消說，報紙上刊載的不只有須永魔鬼中尉的顯赫戰功，還有這項外科醫學上的奇蹟。

轉眼間，半年過去了。在上司與同袍的陪同之下，成了行屍走肉的須永被送回家中。幾乎在同時，軍方頒發功五級的金鵄勳章，做為他付出四肢的代價。當時子為了照料殘障者而淚流滿面時，世人正歡天喜地慶祝凱旋。親戚、朋友和鎮上居民滿嘴都是「榮譽、榮譽」，猶如雨水一般灑落而下。

不久，微薄的年金已經不足以支撐他們的生活，因此他們接受戰地的長官鷲尾少將的好意，免費借住於宅邸內的別院。一方面或許是搬到鄉下之故，從這時候起，他們的生活變得冷清寂寥。在凱旋的熱潮消退後，社會上也變得冷清寂寥，大家不再像從前那樣來探望他們。隨著日子流逝，戰勝的興奮平息下來，對於在戰爭中立功者的感謝也逐漸淡化。漸漸地，不再有人提起須永中尉。

丈夫的親戚也一樣，不知是覺得殘障者的模樣駭人，或是害怕被要求物質上的援助，幾乎不再踏入他們家中。至於時子的父母早已過世，兄弟姊妹又全是薄情之人。可憐的殘障者和他貞節的妻子，宛若隔離於人世之外，在鄉下的獨棟房屋裡過著低調的生活。對於這兩人而言，二樓的六疊大房間便是唯一的世界。非但如此，其中一人還又聾又啞、不能自理，活像個土偶。

廢人像是突然從另一個世界被扔到這個世界來，完全不同的生活型態似乎令他驚慌失措。恢復健康後，他有好一陣子依然動也不動地躺著發呆，不分時間地打盹。

時子靈機一動，想出用叼筆寫字的方式交談之後，廢人首先寫下的便是「報紙」和「勛章」這兩個字眼。「報紙」指的是大力報導他戰功的戰時剪報，而「勛章」指的當然是那一只金鵄勛章。他恢復意識的時候，鷲尾少將頭一個拿給他看的便是這兩樣東西，廢人記得一清二楚。

廢人時常寫下同樣的字眼，要求這兩樣物品。時子一把東西拿到他面前，他便看個沒完。當他反覆閱讀剪報時，時子總是忍耐著手臂發麻，懷著可笑的心情望著丈夫心滿意足的眼神。

雖然比她開始輕蔑「榮譽」二字的時間晚上許多，但廢人不久後似乎也厭倦了，他不再像以前那樣要求觀賞那兩樣物品，剩下的只有殘障造成的強烈病態肉慾。他像恢復期的腸胃病病患般貪婪索求食物，並且不擇時間地索求時子的肉體。倘若時子不從，他便化為偉大的人肉陀螺，瘋狂地在榻榻米上爬來轉去。

起先，時子覺得這種行為可怕又可厭。然而，隨著日子流逝，她也慢慢化為肉慾的餓鬼。對於關在荒鄉僻壤的獨棟房屋裡，失去所有希望，幾乎可說是毫無智識的兩個男女而言，這就是生活的一切。他們像是一輩子都在動物園牢籠裡生活的兩隻野獸。

正因為如此，時子將丈夫當成任自己擺布玩弄的大玩具，也是必然的事態發展。此外，受到殘障者無恥行為的影響，比常人更加健壯的她變得索求無度，更是理所當然的發展。

她有時候會懷疑自己是不是快瘋了。一想到自己體內居然潛藏著這種令人作嘔的感情，她便哭笑不得，甚至忍不住打顫。

不能言語也聽不見她說話，甚至無法自由行動——這麼一個奇異又可悲的道具，並非土木製成，而是擁有喜怒哀樂的生物。這一點化為無限的魅力。非但如此，他唯一的表情器官——那雙圓滾滾的雙眼——面對她的索求無度時，時而訴說著悲傷，時而訴說著憤怒。然而，無論再怎麼悲傷，他除了流淚以外，無能為力；無論再怎麼憤怒，他也沒有足以威嚇她的臂力，最後反而會屈服於她壓倒性的誘惑，一同陷入異常的病態興奮之中。能夠不顧對方的意願，折磨凌虐這麼一個無力的生物，對她而言，是種至高無上的喜悅。

在時子闔上的眼皮底下，三年間的激情場面斷斷續續、接二連三地浮現，又隨即消失。

這些鮮明的記憶片段如同電影在眼皮內側上演，是她身體出現異狀時必定會發生的現象。每當這種現象發生，她的野性就會變得更加猛烈，也更加殘虐地欺凌可憐的殘障者。雖然她自己有意識到這件事，但是，她的意志無法抑制體內湧上的凶暴力量。

當她回過神來，發現房裡就和她的幻覺一樣，彷彿罩上一層靄氣似地逐漸變暗。幻影之外還有另一層幻影，而外層的幻影似乎隨時會消失。這讓神經緊繃的她感到害怕，心臟跳動得更為猛烈。不過，仔細想想，其實這也沒什麼。她從被窩裡探出身子，搓撚枕邊的燈芯。剛才撚細的燈芯已經燒完了，燈火即將消失。

房裡倏然明亮起來，但依然泛著橘色，感覺有些怪異。時子心念一動，就著光線偷看丈夫的睡臉。只見他依然凝視著天花板的同一個位置，姿勢完全沒變。

「哎，你要想事情到什麼時候？」

面目全非的殘廢裝腔作勢地獨自沉思的模樣，看起來不僅有點可怕，更讓她覺得可恨。熟悉的殘虐再度於體內湧現，令她心癢難耐。

她冷不防撲到丈夫的被窩上，抱住對方的肩膀猛烈搖晃。

由於事情發生得太過突然，廢人嚇得全身猛然一震。接著，他用帶有強烈斥責之意的眼神瞪著時子。

「你生氣了？那種眼神是什麼意思？」
時子一面怒吼一面挑逗丈夫。她故意不看對方的眼睛，玩起平時的遊戲。
「生氣也沒用，因為你只能任我擺布。」
然而，任憑她使盡手段，此時的廢人偏偏不像平時那樣主動妥協。是因為他打從剛才就一直盯著天花板想的事情？或是妻子的任性妄為觸怒了他？只見他睜大雙眼，用刺人的視線不斷凝視時子的臉，眼珠都快掉出來。
「那種眼神是什麼意思？」
她大叫著用雙手摀住對方的眼睛，並發狂似地連聲大叫「什麼意思、什麼意思」。病態的興奮讓她變得麻木不仁，幾乎沒有意識到自己的指尖使出多大的力氣。
當她如同大夢初醒般回過神來時，時子發現廢人在她的身子底下瘋狂地跳動。雖然他只剩下軀幹，但由於他用極大的力氣拚命跳動，竟然把豐腴的她彈開。說來不可思議，廢人的雙眼噴出鮮紅的血，滿是傷疤的臉活像水煮章魚一樣紅冬冬的。
直到此時，時子才清楚地意識到自己因為一時忘我，居然粗暴地弄傷殘廢丈夫僅剩的靈魂之窗。
然而，她心知肚明，這實在稱不上是無心之過。她顯然一直認為丈夫那對會說話的眼睛，阻礙他們輕易地化為野獸，她恨透了不時浮現於眼底的正義觀念。豈止如此，那雙眼睛不但礙事可恨，還帶有其他色彩——某種陰森可怖的色彩。

不過，這是謊言。在她的心底深處，難道不曾存在過更加異常、更加可怕的念頭嗎？她不是想把丈夫化為真正的行屍走肉，完整的人肉陀螺嗎？不是想把他變成一個完全失去五官的生物，藉此滿足自己無窮無盡的殘虐嗎？殘障者的全身上下只剩下眼睛仍留有人類的影子，留著這雙眼，給她一種不完整的感覺，彷彿不是她真正的人肉陀螺一般。

這樣的念頭在一秒間閃過了時子的腦海。「啊！」她大叫一聲，擱下瘋狂跳動的肉塊，連滾帶爬地衝下樓梯，赤腳跑到黑暗的屋外。她活像在惡夢中被可怕的東西追趕，忘我地一路疾奔，跑出後門，彎進右手邊的村道。不過，她知道自己的目的地是一千尺外的醫生家。

她千請萬求，好不容易把醫生拉回家時，肉塊依然和剛才一樣猛烈跳動著。村子裡的醫生只聽過傳聞，尚未親眼見識過，似乎被殘廢的可怕模樣嚇破膽。時子在一旁拉拉雜雜地解釋自己因為一時衝動而闖出這場大禍，他也完全沒聽進耳裡，打完止痛針、包紮好傷口之後，便匆匆忙忙地回去。

待傷患終於停止掙扎時，天色已經漸漸發亮。

時子一面輕撫傷患的胸口，一面淚眼汪汪地連聲說著「對不起」、「對不起」。肉塊似乎因為受傷而發燒，臉變得又紅又腫，胸口猛烈地鼓動。

時子一整天都沒有離開病人身邊，連飯也沒吃。她頻繁更換病人頭上和胸口的濕毛巾，發瘋似地叨念一長串的道歉詞句，反覆用指尖在病人的胸口上寫著「原諒我」。悲傷與罪惡感讓她忘了時間的流逝。

到傍晚，病人稍微退燒，呼吸也緩和下來。時子確定病人的意識已經恢復常態，便重新在他胸口的皮膚上一筆一畫地清楚寫下「原諒我」，並窺探他的反應。然而，肉塊完全沒有回應。雖然失去雙眼，他仍然可以搖頭、露出笑容或用其他方法答覆她的文字，可是肉塊一動也不動，表情絲毫未變。從他的呼吸判斷，他應該沒睡著。是連皮膚上的文字都無法理解了嗎？還是因為過於憤怒而保持沉默？時子完全不明白。如今在眼前的，只是一個柔軟溫熱的物體而已。

時子凝視著這個筆墨難以形容的靜止肉塊，打從出生以來從未經歷過的深沉恐懼，令她不由自主地發抖。

躺在眼前的確確實實是個生物。他有肺臟，也有胃袋，卻看不見景物、聽不到聲音、說不出半個字。他沒有可以抓住東西的手，也沒有可以站起來的腳，對他而言，這個世界是永遠靜止的，是不間斷的沉默、無盡的黑暗。過去可曾有人想像過如此恐怖的世界？或是揣摩住在這種世界裡的心境？他一定恨不得放聲大叫「救救我」吧！即使再怎麼模糊也好，他一定很想看見景物吧！即使再怎麼微弱也好，他一定很想聽見聲音吧！他應該也很想攀附或緊緊抓住某樣東西吧！然而，對他而言，上述的每一件事都是不可能達成的。

時子突然嚎啕大哭。無法挽回的罪孽和無可救贖的哀愁，使她宛如小孩般啜泣。她很想見見別人，見見模樣正常的人，便擱下可憐的丈夫，奔向位於主屋的鷲尾家。

鷲尾老少將默默地聽完時子因為強烈嗚咽而難以聽懂的冗長懺悔之後，錯愕得久久不能言語。

「總之，先去探望須永中尉吧。」

不久後，他滿臉不悅地說道。

天色已經暗了，下人替老人準備一只提燈。兩人各懷心思，默默地穿過幽暗的草叢來到別院。

「沒有人啊。怎麼搞的？」

率先走上二樓的老人驚訝地說道。

「不，就在被窩裡。」

時子越過老人，走到剛才丈夫躺著的被窩旁一看，怪事發生了，被窩裡空空如也。

「哎呀……」

她叫道，茫然呆立原地。

「他行動不方便，不可能離開這間屋子，先在家裡找找看吧。」

過了好一會兒，老少將才如此催促。兩人找遍樓上樓下，然而，他們非但沒發現殘障者的身影，反而發現一樣恐怖的東西。

「哎呀，這是什麼？」

時子凝視著剛才殘障者枕邊的柱子。

上頭有道鉛筆字跡，活像小孩的塗鴉般歪七扭八，必須仔細思考才看得懂。

『原諒妳。』

當時子看出那是「原諒妳」三字時，有種恍然大悟的感覺。殘障者拖著不能動的身子，用嘴巴摸索桌上的鉛筆，費盡千辛萬苦留下三個片假名文字。

「說不定他自殺了。」

她驚慌失措地望著老人，失去血色的嘴唇顫抖著說道。

他們連忙通知鷲尾家，下人們各自拿著提燈，聚集在主屋和別院間的雜草庭院裡。

接著，眾人分頭在庭院裡展開夜間搜索。

時子跟在鷲尾老人身後，藉著他手上提燈的淡淡光芒，忐忑不安地行走。那根柱子上寫著「原諒妳」，鐵定是對於她之前在殘障者胸口寫下的「原諒我」所做的答覆。他的意思是：「我要自殺，但不是因為氣不過妳的所作所為，放心吧。」

這份寬容讓她的心更痛。一想到沒手沒腳的殘障者根本無法好好下樓梯，必須用全身一階一階地滾下去，她便因為悲傷及恐懼而渾身發毛。

走了一陣子，她突然想到一件事，對老人輕聲說道：

「前頭有一口古井，對吧？」

「嗯。」

老少將點了點頭，走向那個方向。

在無邊無際的黑暗中，提燈的光芒只能模模糊糊地照亮方圓六尺。

「古井是在這一帶吧？」

鷲尾老人一面喃喃自語，一面舉起提燈，盡可能地照亮遠方。

此時，時子心中突然萌生某種預感。她停下腳步、豎起耳朵，聽見某處傳來猶如蛇類在草叢中爬行般的窸窣聲。

她和老人幾乎是同時看見那一幕。

別說她了，連老少將也為之駭然，宛若被釘住似地愣在原地。

在提燈的火光勉強可及的暗處，有個漆黑的物體在茂密叢生的雜草間緩緩蠢動。那個物體像隻可怕的爬蟲類，頭抬高，不發一語地窺探前方，軀幹如波浪般扭動起伏，用身體四角的肉瘤狀隆起物抓撓地面，掙扎著前進。看來像是雖然心急如焚，身體卻不聽使喚。

不久，高高抬起的頭突然垂下來，隱沒於視野之外。接著，比剛才大了些的草葉摩擦聲響起，只見整個身體倒著栽進地面中，消失無蹤。咚！遙遠的地底傳來一道鈍重的水聲。

有口水井藏在草叢裡。

雖然目睹整個過程，兩人一時間卻提不起勁奔向井邊，只是茫然愣在原地。

說來古怪，在驚慌失措的剎那間，時子的腦海中浮現一幕幻影：暗夜裡，一隻毛蟲爬上枯萎的樹梢，卻因為笨重而墜落深不見底的漆黑空間。

跳舞的侏儒

「喂，老綠，發什麼呆？你也過來喝一杯吧。」

穿著鯉口襯衫和金邊紫絹短褲的男人，站在蓋子掀開的酒桶前，用格外溫柔的聲音說道。他的語氣似乎別有含意，忙著喝酒的同座男女全都不約而同地望向老綠。

聞言，遠遠地倚在舞台角落的圓木柱子上觀看同事酒宴的侏儒老綠，一如平時大大地歪嘴，露出和藹可親的笑容說道：

「我不能喝酒。」

聽了這句話，有些醉意的幾個雜耍師全都笑了。男人的嘶啞嗓音與肥胖女人的尖銳嗓音在寬敞的帳篷裡迴盪。

「不用說，我也知道你的酒量差。不過，今天是慶祝觀眾爆滿的特別日子，就算是殘廢，也不能掃大家的興。」

穿著紫絹短褲的男人再次柔聲說道。他是個年約四十歲、身材壯碩的男人，膚色黝黑，嘴唇厚實。

「我不能喝酒。」

侏儒依舊笑咪咪地回答。他長得活像十一、二歲小孩身體頂著三十歲男人臉龐的怪物，頭蓋骨跟福助娃娃一樣大，青蔥形的臉上有著蜘蛛腳狀的深刻皺紋、又凸又大的眼睛、圓圓的蒜頭鼻、笑起來的時候讓人懷疑是否會裂開的大嘴，鼻子底下則有淡黑色鬍碴，看起來極不搭調。嘴唇在蒼白臉孔的襯托之下顯得格外鮮紅。

「老綠，我斟的酒你總會喝吧？」

滾球美女阿花自信滿滿地插嘴說道，那張因為酒意而泛紅的臉上浮現微笑。

我也認得這個素有全村第一美女之譽的阿花。

在阿花的凝視之下，侏儒有些膽怯。剎那間，他臉上浮現不可思議的表情。那是怪物的羞恥心嗎？不過，扭扭捏捏了片刻之後，他還是老話一句：

「我不能喝酒。」

他的臉上依然帶著笑容，聲音卻像喉嚨哽住一般低沉。

「別這麼說，喝一杯嘛！」

紫絹短褲男人大搖大擺地走上前，牽起侏儒的手。

「看，這下子你逃不掉啦！」

說著，他使勁拉扯老綠的手。

矮冬瓜老綠猶如十八歲的女孩，露出與靈活小丑的形象毫不搭調的噁心嬌羞之色，抓著柱子不肯離開。

「別這樣，別這樣！」

紫絹短褲男人依然不斷拉扯，每拉一下，老綠抓著的柱子便微微彎曲，帳篷小屋猶如被強風吹襲般搖晃，乙炔瓦斯燈像鞦韆一樣盪來盪去。

不知怎地，我覺得有點恐怖。執拗地抓著圓木柱子的侏儒，和同樣執拗地把他拉開的紫絹短褲男人——這樣的光景像是某種可怕的前兆。

「小花，別管矮冬瓜了，唱首歌吧！欸，伴奏的。」

當我回過神來，發現身旁的八字鬍魔術師正在嘻皮笑臉地慫恿阿花。新來的伴奏大嬸也喝得醉醺醺的，露出猥褻的笑容附和：

「阿花，唱吧！熱鬧一下。」

「好，我去拿些熱鬧的道具來。」

同樣穿著鯉口襯衫的年輕雜耍師猛然站起來，走過僵持不下的侏儒和紫絹短褲男人身邊，跑向圓木組合而成的二樓休息室。

八字鬍魔術師不等樂器送來，一面拍打酒桶邊緣，一面扯開粗濁走音的嗓子，唱起三曲萬歲（註3）來了。兩、三個滾球女郎也用嬉鬧的聲調替他唱和。這種時候，侏儒老綠永遠是眾矢之的，拿他當題材的歪歌一句又一句地高唱著。

各自聊天嬉鬧的人們也漸漸被這首歌的曲調吸引，最後成為全員大合唱。不知何時——大概是剛才雜耍師拿來的吧——三味線、太鼓、銅鑼、響板等伴奏加了進來，震耳欲聾卻不可思議的大交響樂撼動了帳篷，每唱完一句歌詞，便會響起駭人的怒號及掌聲。隨著酒意漸酣，男男女女全都瘋狂地作樂。

在這之中，侏儒與紫絹短褲男人依然僵持不下。老綠已經放開圓木，像隻猴子一樣嘻皮笑臉地四處逃竄。他跑起來相當敏捷，高頭大馬的紫絹短褲男人被低能的侏儒耍得團團轉，略微動了肝火。

「臭矮冬瓜，等一下你就知道我的厲害。」

他一面大聲威嚇，一面追逐。

「對不起啦、對不起啦！」

註3／使用鼓、胡弓、三味線這三種樂器的一種日本傳統説唱藝術。

三十歲的侏儒活像小學生一樣全力逃竄，不知他有多麼害怕紫絹短褲男人抓住他，把他的腦袋壓進酒桶裡？

說來不可思議，這幅光景讓我想起卡門被殺的場景。鬥牛場傳來的狂野音樂及吶喊聲，追趕的荷塞與被追趕的卡門——不知何故，我聯想到這一幕，大概是服裝造成的吧？侏儒穿著鮮紅色的小丑服，鯉口襯衫加紫絹短褲的男人追趕著他，而三味線、銅鑼、響板與胡唱一通的三曲萬歲替他們伴奏。

「好，逮到你了，畜生。」

紫絹短褲男人高聲呼喊，可憐的老綠在他壯碩的雙手中一臉蒼白地發抖。

「讓開！讓開！」

他把不斷掙扎的侏儒高高舉到頭頂上，走向這裡。大家都停止唱歌望著他們，兩人的急促鼻息聲傳入耳中。

不過一眨眼，頭下腳上的侏儒便一頭栽進酒桶裡。老綠的一雙短手在空中掙扎，酒沫四處飛濺。

穿著紅白條紋鯉口襯衫、膚色鯉口襯衫或半裸的男男女女盤手促膝，全都大笑著看好戲，沒有人阻止這場殘酷的遊戲。

不久，灌了許多酒的侏儒被扔到旁邊。他縮著身子，活像患了百日咳似地咳個不停，黃色液體從他的嘴巴、鼻子和耳朵噴出來。彷彿替他的苦悶配樂一般，三曲萬歲大合唱又開始，不堪入耳的汙言穢語反覆響起。

咳了好一陣子之後，侏儒就像屍體一樣疲軟無力地躺在地上，而穿著鯉口襯衫的阿花開始在他身上跳舞，她豐腴的雙腿頻頻跨過侏儒的身體。

掌聲、吆喝聲和響板聲持續作響，震耳欲聾。在場的人沒有一個神智清醒，全都像瘋了一樣。阿花配合著快板的旋律，跳著狂野的吉普賽舞。

侏儒老綠終於睜開雙眼，嚇人的臉龐和猩猩一樣紅。他一面抖著肩膀喘氣，一面搖搖晃晃地起身。然而，就在這時候，跳累的滾球女郎的大屁股飄到他眼前。不知是故意或偶然，她一屁股坐在侏儒臉上。

躺在地上的老綠被這麼一壓，發出痛苦的呻吟聲，在阿花的屁股底下掙扎。醉醺醺的阿花坐在老綠臉上，擺出騎馬的姿勢，和著三味線的節奏「剎、剎」地吆喝著，用掌心拍打老綠的臉頰。眾人哄堂大笑，掌聲如雷。然而，這時候的老綠成了龐大肉塊的肉墊，連氣都喘不過來，置身於半生半死的痛苦之中。

片刻之後才脫身的侏儒露出了一如平時的愚昧笑容，坐起上半身。

「真過分。」

他用開玩笑的口吻輕聲說道。

「喂，來玩丟皮球吧！」

突然，耍單槓的青年起身叫道。大家都很清楚「丟皮球」的意義。

「好啊！」

一名雜耍師回答。

「別玩了、別玩了，太可憐啦。」

八字鬍魔術師看不過去，插嘴說道。只有他一個人穿著法蘭絨西裝，繫著紅色領帶。

「來，丟皮球、丟皮球！」

青年對於魔術師的話語置若罔聞，走向侏儒。

「喂，老綠，開始囉！」

話才說完，青年便拉起殘障者，用掌心推他的眉頭。侏儒被這麼一推，宛若皮球一樣滾到後方，而後方的另一個青年接住殘障者，抓住他的肩膀將他轉向自己，又往他的額頭推去，可憐的老綠再度滾回剛才那個青年身旁。之後，這場不可思議又殘忍的傳接球一再反覆上演。

不知何時，合唱曲變成出雲拳的配樂，響板與三味線不斷作響。暈頭轉向的殘障者掛著執著的微笑，繼續扮演不可思議的角色。

「別再幹這種無聊的事了，接下來大家各自表演把戲吧！」已經對虐待殘障者感到厭煩的某人叫道。

毫無意義的怒號和狂喜的掌聲回應他。

「不可以表演招牌把戲，大家都要拿出壓箱寶來，知道嗎？」紫絹短褲男人大聲下令。

「老綠打頭陣吧！」

某人壞心眼地附和，掌聲立刻轟然響起。疲憊不堪、倒在地上的老綠，帶著深不可測的笑容接受這個粗暴的提議。他那張可怕的臉龐即使在該哭的時候也是笑著的。

「我有個好主意。」滾球美女阿花搖搖晃晃地起身叫道：「小瓜，你可以表演翦子的大魔術『一寸接一寸，美女斷頭台』。欸，好不好？你就表演這個吧！」

「嘿嘿嘿嘿嘿！」

殘障者笑著凝視阿花的臉龐，他的眼睛因為被灌酒而變得格外混濁。

「欸，小瓜，你喜歡我吧？那我說什麼你都會照辦，對不對？我可以當你的助手，這樣你還是不願意嗎？」

「哎呦、哎呦，侏儒帥哥！」

又是一陣如雷的掌聲與笑聲。

矮冬瓜與阿花，美女斷頭台魔術——這個不可思議的組合，令在場的眾酒鬼樂不可支。幾個人踩著蹣跚的步伐，開始準備魔術道具。舞台正面與左右的黑色布幕放下來，地板鋪上黑色墊子，前方擺個棺木般的木箱及桌子。

「好，開始了、開始了。」

三味線、銅鑼和響板開始演奏固定的前奏，在伴奏的歡迎下，阿花拉著殘障者來到正前方。阿花穿著貼身的膚色襯衫，老綠穿著濕答答的紅色小丑服，他的大嘴依然嘻嘻笑著。

「快說口白！說口白！」

某人大吼。

「傷腦筋，真傷腦筋。」

侏儒喃喃說道，但還是說起口白。

「呃，接下來要帶給各位觀眾的是神奇又不可思議的魔術，美女斷頭台。我會讓這個少女鑽進旁邊的箱子裡，再用十四把日本刀從四面八方一寸接一寸地把她刺成肉串。呃，不過，光是這樣不夠精彩，我還要把這個慘遭凌遲的少女頭顱砍下來，放在桌上示眾。哈！」

「很逼真，很逼真！」

「維妙維肖！」

分不清是讚賞或揶揄的叫聲，混在賣力的掌聲之中傳來。

侏儒看起來雖然像個白痴，但畢竟是靠這一行維生，舞台上的口白說得很溜。從語氣到字句，都和平時的八字鬍魔術師一模一樣。

接著，滾球美女阿花優雅地行了一禮，將柔韌的身軀隱藏於棺木般的箱子中。侏儒闔上蓋子，並用大鎖將箱子鎖起來。

旁邊擱著一捆日本刀，老綠將刀一把一把地撿起來，一一插在地板上，顯示這些刀並非假貨之後，刺進箱子前後左右的小洞。每刺入一刀，箱中便傳來淒厲的叫聲——每天都讓觀眾為之顫慄的叫聲。

「呀！救命啊，救命啊，喂，畜生，畜生，這傢伙真的想殺了我。喂，救命啊，救命啊，救命啊……」

「哈哈哈哈！」

「很逼真！很逼真！」

「維妙維肖！」

觀眾樂不可支，有的叫好，有的拍手。

一把、兩把、三把，刀的數量逐漸增加。

「知道我的厲害了吧？賤貨。」侏儒裝腔作勢地說道：「竟敢瞧不起我。這下子知道殘廢的心聲了吧？知道了吧？知道了吧？」

「喂，喂，救命啊，救命啊，救命啊——」

接著，被刺成肉串的箱子活像有生命似地震動起來。

觀眾入迷地欣賞這場逼真的表演，如雷的掌聲不斷持續著。

終於插完第十四把刀，阿花的慘叫聲轉為瀕死傷患般的嘶嘶呻吟聲，也不再發牢騷。不久，呻吟聲逐漸消失，震動的箱子倏然靜止下來。

侏儒一面抖動肩膀喘息，一面凝視著箱子。他的額頭汗水淋漓，彷彿泡過水似的。他一直維持著這個姿勢，一動也不動。

觀眾也莫名沉默。打破沉默的，只有眾人猛烈如酒醉的呼吸。

過了片刻，老綠慢慢拿起預先準備好的大刀。那是一把和青龍刀一樣帶有鋸齒的寬刃刀。他同樣把刀插在地上，證實刀刃有多麼鋒利之後，便打開大鎖掀開箱蓋，將青龍刀插入箱中，製造出一陣彷彿真的在砍人頭的喀喀聲。

接著，他擺出成功砍下頭顱的架式，扔開大刀，並用袖子掩住某個東西，走到一旁的桌邊，「咚」一聲將東西放到桌上。

他拿開袖子，秀出阿花的蒼白頭顱。鮮紅色的血液從切口汩汩流出，看來怵目驚心。沒有人認為那是紅花搗成的汁液。

冰冷的寒意沿著背部直竄頭頂。我知道桌子底下嵌著兩面互成直角的鏡子，從地板下密道鑽上來的阿花，就藏身在鏡子背後。這並不是什麼稀奇的魔術。儘管如此，我卻有種可怕的預感。這可是因為表演魔術的不是平時那個溫文的魔術師，而是相貌駭人的殘障者之故？

在漆黑的背景中，侏儒站成大字形，那身鮮紅色的小丑服看起來活像一件大紅袍子，他的腳邊躺著沾了血跡的大刀。他轉向觀眾，帶著無聲的滿面笑容。不過，隱約有道聲音傳來，不知是什麼聲音？莫非是殘障者露出的純白牙齒互相撞擊的聲音？

觀眾依然默不作聲，宛若看見什麼可怕的事物，偷偷打量彼此的臉。不久後，紫絹短褲男人猛然站起來，朝著桌子走了兩、三步，看來是按捺不住了。

「呵呵呵呵！」

突然響起一道女人的開朗笑聲。

「小瓜，真有你的。呵呵呵呵呵！」

不消說，是阿花的聲音。她的蒼白頭顱在桌上笑著。侏儒突然再度用袖子掩住頭顱，大步走向黑幕之後。現場只剩下設有機關的桌子。

見到殘障者精彩萬分的表演，觀眾全都嘆息不已。連魔術師本人也瞪大眼睛，說不出半句話。然而，不久後，歡呼聲震撼整個小屋。

「拋高高！拋高高！」

某人如此大叫，他們便成群結隊地直衝黑幕後方。這群爛醉如泥的人不小心摔了一跤，跌成一團。其中有些人站了起來，搖搖晃晃地繼續奔跑。睡著的人被留在空的酒桶周圍，看起來活像魚市場裡的鮪魚。

「喂～老綠！」

黑幕後方傳來某人的叫聲。

「老綠，別躲了，快出來！」

又有人呼喊著。

「阿花～」

女人的聲音呼喚道。

沒有回應。

一股難以言喻的恐懼令我忍不住打顫。剛才那真的是阿花的笑聲嗎？深不可測的殘廢者，是否堵住地板上的機關，將她刺死斬首示眾？那道聲音是不是死人的聲音？愚昧的雜耍師們不知道腹語術這種魔術嗎？要如何斷定那個怪物不曾學過閉著嘴巴用肚子發音，讓沒有生命的物體說話的神奇魔術？

當我回過神來，發現帳篷裡充滿淡淡的煙霧。要說這是雜耍師們抽菸造成的煙霧，又有點不對勁。我突然醒過來，猛然衝向觀眾席角落。

果不其然，暗紅色的火焰熊熊吞噬篷腳，火焰已經包圍帳篷四周。

我費盡九牛二虎之力鑽出燃燒的帆布，跑向外頭的廣場。皎潔的月光遍照遼闊的草原，我像隻無頭蒼蠅跑向附近的人家。

回頭一看，帳篷已經燒掉三分之一，火勢也延燒到圓木支架和觀眾席的木板。

「哈哈哈哈哈哈！」

不知有什麼好笑的，醉意酣然的眾雜耍師在火焰之中發出的狂笑聲遠遠傳過來。

不知道那是誰？帳篷附近的山丘上有個貌似小孩的人影背對著月亮跳舞。他像是提著燈籠，手上抓著一個和西瓜一樣圓滾滾的物體在狂舞。

過度的恐懼使我愣在原地，凝視著不可思議的黑影。

男人用雙手把圓滾滾的物體放到自己嘴邊。接著，他一面跺地，一面啃咬那個狀似西瓜的物體。他咬了一口又拿開、咬了一口又拿開，樂不可支地繼續跳舞。

影子似是扮裝成妖怪跳著舞，漆黑地浮現於如水的月光下，我甚至可以清楚看見濃厚烏黑的液體，從男人手上的圓形物體和他自己的嘴唇滴滴答答地流下來。

蟲

一

這個故事始於柾木愛造與木下芙蓉改變命運的重逢，而要說這個故事，必須先說明男主角柾木愛造古怪至極的性格。

柾木愛造是獨生子，過世的雙親留了些許財產給他。當時他二十七歲，從私立大學輟學，單身，沒有工作。這代表他擁有無拘無束又自由自在的生活，是所有窮人及成家者豔羨的對象。

但說來不幸，柾木愛造無法享受他的生活，因為他有著世上少見的孤僻性格。

他這種病態特質究竟從何而來，連他自己都不明白。不過，遠從他的孩提時代，便可發現這種徵兆。他只要看見別人的臉，就會毫無理由地淚水盈眶。為了掩飾自己的內向，他必須做出一些難看又丟臉的動作，比如沒事望著天花板，或是用掌心掩藏眼淚。而他越是掩藏、越是擔心被人看見，淚水便越發洶湧，到最後只能發狂般地哇哇大叫。他對於血脈相連的父親、家裡的傭人，有時甚至連對母親都會感受到這種不可思議的羞恥。因此，他總是避著其他人。雖然很想親近旁人，但他害怕自己可恥的性格曝光，只好避不見面。蹲在幽暗的房間角落、用玩具積木在身旁築起可愛的城牆、獨自吟詠幼稚的即興詩歌時，才能讓他稍許放鬆下來。

隨著年齡稍長，必須投入小學這種無法理解的社會生活時，他不知有多麼困惑、多麼害怕。他是個古怪至極的小學生。被母親發現他的孤僻，對他而言是種難以忍受的恥辱，因此他選擇獨自去上學。然而，學校裡的人際戰爭殘酷無情。老師或同學和他說話的時候，他除了噙著眼淚以外，沒有其他應對之道。而當導師與其他老師說話，提到枉木愛造這個名字時，也會令他淚眼汪汪。

雖然這種可恨的症狀後來隨著上中學與大學逐漸緩和，但在小學時代，整個學期有三分之一的時間，他都是趁著生病之便，以病後休養為名向學校請假。中學時代則是大半時間裝病不上學，關在書房裡，不讓家人進來，在小說及荒唐無稽的幻想中醉生夢死。大學時代除了升級考試以外，他幾乎沒進過教室。說歸說，他不像其他學生那樣耽溺於各種玩樂，而是窩在家裡的書房，埋首於他蒐購的異端書籍的塵埃中。他並未閱讀這些書籍，而是嗅著被蟲嚙食的藍皮書、十八世紀的西洋機械紙或皮革封面的氣味，在它們醞釀出的玄幻氣氛中，沉浸於變本加厲的空想，過著晝夜不分的生活。

由於他一直是這副德行，因此除了後述的唯一一個朋友以外，完全沒有朋友。既然連朋友都交不到，女朋友自然更是遙不可及。

該如何說明他雖然擁有比常人加倍溫柔的心，卻沒有朋友也沒有女友的緣由呢？他並非毫不嚮往友情與愛情，每當閱讀溫暖的友情故事或甜蜜的愛情故事時，他總是豔羨不已，想著自己若是也有這種境遇該有多好？然而，即使他對某人感受到友情或愛意，卻總是有個無法撼動的障礙，宛若牆壁般擋在自己和對方之間。

在柾木愛造看來，除了他以外的所有人都很壞心眼，無一例外。倘若他主動親近，對方便會像《忠臣藏》的師直（註4）那樣冷漠以對。中學時代，他曾在火車或電車裡看到兩個結伴同行的人聊天，感到驚異不已。其中一方說得正起勁的時候，聆聽者一臉冷淡地望著窗外的景色，雖然偶爾會點頭附和，但是完全不正視說話者的臉。而當說話者沉默下來，這回又輪到冷淡的聆聽者說得口沫橫飛，剛才的說話者則是倏地冷淡下來，把頭轉向一旁。他花了漫長的歲月才領悟到，這就是人類對話的常態。這只是其中一個小例子，人類的社交態度全都能以此類推，而這樣的態度足以讓內向的他保持沉默。此外，社交談話中存在著笑話（對他而言，絕大部分都是令人不快的冷笑話）這種玩意兒，也令他感到不可思議。笑話的性質和壞心眼相同。內向的他說話時，只要發現對方稍微移開視線思考其他事情，便不想繼續說下去。換個說法，他對於愛極度貪婪。或許正因為過於貪婪，才使得他無法愛其他人，無法進行社交。

然而，不只如此，他還有另一個毛病。舉個日常生活中的例子，小時候他不靠女傭自行收拾被褥，當時還活著的祖母便誇獎他：「哦，好乖、好乖。」像這樣被誇讚，往往使他羞得體內發熱。他很厭惡這種感覺，因此極度憎惡誇獎自己的人。由此可知，他對於愛人與被愛，甚至對於「愛」這個文字本身都心嚮神往，同時卻又懷著難以言喻的憎惡，活像身體被緊緊扭擰一般。或許這正好足以證明他被賦予厭惡自我、憎惡血親及憎惡人類等多項特殊感情。他和其他人類宛若不同種的生物。這個世界的人類雖然壞心眼，卻擁有粗枝大葉又健忘的開朗特質，令他感到極為不可思議。他在這個世界是個完完全全的異國人，活像一隻突然被扔到另一個世界的孤獨困獸。

這樣的他竟會如此為愛痴狂，確實是件不可思議的事。不過換個角度思考，或許也只有

註4／取材自元祿年間「赤穗事件」的淨琉璃、歌舞伎劇碼。由於當時禁止使用真實人物姓名，便將事件中的惡人吉良，更名為高師直。

這樣的他才能譜出那麼瘋狂又異常的戀曲。在他的戀情之中，愛與憎惡或許並非兩碼子事。不過，這部分留待之後詳述吧。

在雙親相繼過世並留下些許財產給他之後，他終於得以逃離出於對家人的虛榮心及顧慮，而持續強忍痛苦的些微社會生活。他毫不眷戀地輟學，賣掉土地與房屋，搬到從前看中的郊外冷清破屋。如此這般，他從學校及鄰居之間銷聲匿跡。

身為人類，無論搬到何處，都無法完全隔絕於社會之外。不過，柾木愛造最厭惡的便是知道他姓名與為人的熟人們，因此，搬到無人認識的冷清郊外，暫時給他「逃離人類社會」的輕鬆感。

這間郊外的房子位於向島吾妻橋再往上游的K町。K町附近是櫛比鱗次的廉價茶室與貧民窟，過了河即是熱鬧的淺草公園，同時又坐擁遼闊的草原與魚池半壞的小屋，可說是混雜與閑靜共存的奇妙區域。在這裡的某一角（這個故事是發生在大地震的很久之前），有個荒廢腐朽、活像鬼屋的大宅院，柾木愛造某次路過時正好看見，便將它租下來。

在損壞的土牆和籬笆包圍下，雜草叢生的寬敞庭院正中央有個牆壁崩塌的大土倉，旁邊是個雖大但是幾乎不能住人的荒廢主屋。對於他而言，主屋如何並不重要，他之所以想住進這個鬼屋，完全是基於老舊土倉的魅力，厚厚的牆壁擋住刺眼的日光、隔絕外界的聲響。獨自住在充滿樟腦味的土倉裡，是他長年以來的心願。正如貴婦用厚紗掩住臉龐，他想用土倉的厚牆將自己隔絕於世人的視線之外。

他在土倉二樓鋪滿榻榻米，把珍藏的異端古書、在橫濱的古物店買來的真人尺寸木雕佛像及幾張蒼白的能劇面具搬進來，打造專屬於他的奇妙牢籠。南北的兩扇嵌著鐵欄杆的小窗子是僅有的光源，為了讓土倉更加晦暗，他關上南面窗戶的鐵門，因此這個房間全年都不會受到陽光直射。這裡是他的起居室、書房，也是他的寢室。

土倉樓下則維持木板地原貌，滿坑滿谷地堆放著他的所有物品——祖先傳下來的紅漆長箱、掛著紋樣大鎖的典雅衣櫃、被蟲啃過的鎧甲櫃、裝滿無用書籍的書箱，以及其他各種破銅爛鐵。

他又把主屋的十疊大房間和廚房邊的四疊半房間的榻榻米全數換新，前者用來接待鮮少上門的訪客，後者則給僱來的煮飯婆當房間。如此這般，在他精心安排之下，連煮飯婆也不能靠近土倉入口。土倉的厚土門設計成內外側都可上鎖，他待在二樓時可從內側上鎖，外出時則可以從外側上鎖。這正是怪談中常出現的禁地。

在房東的幫忙下，他找到一個近乎理想的煮飯婆。她是個無依無靠的六十五歲老人，除了重聽以外，身體沒有什麼毛病，非常勤快又愛乾淨。最值得慶幸的是，她擁有一般老太婆沒有的樂天與悠哉性格，從未猜疑或追究主人究竟是什麼人、窩在土倉裡幹什麼事。她定期領取固定的薪水，煮飯的閒暇之餘，便弄弄花草或念念佛經，似乎很滿意自己的生活。

不消說，絕大多數的時間，柾木愛造都窩在土倉二樓這個分不清晝夜的昏暗房間裡。他曾經讀了一整天的泛黃古書，也曾終日躺在房間中央，望著佛像與掛在牆上的能劇面具，耽溺於不可思議的幻想。不知不覺間，太陽下山了，童話故事般的星星在頭頂上的小窗子外的黑色天鵝絨夜空中眨眼睛。

天色變暗以後，他點亮桌上的蠟燭。有時他會讀書或寫些奇妙的感想文直到三更半夜，但大多數的夜晚，他都鎖上土倉大門，漫無目的地出外遊走。極端厭惡人類的他居然喜歡漫步於鬧區之中，說來也甚是奇妙。大多數的夜晚，他都會前往一河之隔的淺草公園。或許正因為他厭惡人類，所以更加喜愛不會上前攀談或是頻頻打量他的漠然群眾。這些群眾對他而言，只不過是從局外觀賞的圖畫或人偶。再說，在夜裡的人潮之中載浮載沉，反而比身在土倉裡更能避人耳目。當一個人處在對他漠不關心的群眾之中時，往往最能徹底遺忘自己。對於他而言，群眾即是最好的藏身處。如此這般，柾木愛造這個熱愛群眾的人便趁著戲劇散場時，混在湧出偏門的群眾中，排遣深夜裡的寂寞。這和愛倫坡的《人群中的人》的奇妙心境，可說有著異曲同工之妙。

至於開頭提到的柾木愛造與木下芙蓉改變命運的重逢，則發生於他搬進這個土倉的第二年，在奇特生活中迎接二十七歲春天的不久後。猶如突然有顆石子扔進混濁的生活沼澤中，這件大事徹底擾亂他的平靜。

二

剛才稍微提過，饒是如此厭惡人類的柾木愛造，也有個例外的朋友，就是靠著在企業界小有名氣的父親庇蔭、擔任某貿易公司老闆的池內光太郎。他是和柾木同輩的青年紳士，在各方面都和柾木相反，開朗、善於社交，雖然從不深入思考，但末梢神經相當敏銳，是個人見人愛的美男子。他和柾木家住得近，還上同一所小學，從小便認識。在兩人進入青年期之後，由於他難以理解柾木的詭異思想及奇特舉止，竟錯將柾木當成哲學家，並以擁有這樣的朋友為榮。柾木雖然避著池內，卻又不時拜訪他，進行牛頭不對馬嘴的辯論，並以此為樂。另一方面，對於習慣光鮮亮麗的社交場合的池內而言，柾木的陰暗書房及柾木這個人都是心靈的綠洲，也是絕佳的休憩場所。

某一天，池內光太郎在柾木家的十疊大客廳（即使是唯一的朋友，柾木也不讓他進土倉）裡，對著柾木吹噓他光鮮亮麗的生活花絮時，突然提起這件事。

「我最近和一個名叫木下芙蓉的女明星走得很近。她是個很漂亮的女人。」

說著，池內露出某種微笑望著柾木的臉，微笑說明他口中的「走得很近」並非單是字面上「走得很近」的意思。

「哎，你聽我說，這個話題你應該也會感興趣才對，因為這個木下芙蓉的本名叫做木下文子。你想起來了嗎？就是小學時代我們常一起捉弄的漂亮優等生，我記得她比我們低三個年級。」

聽到這裡，柾木愛造心下一驚，臉頰倏然發燙。二十七歲的他已經許久不曾臉紅。如同孩提時代刻意隱藏淚水，反而導致淚如泉湧一般，越是意識到自己的老毛病又犯了，他越無法克制發燙的臉頰。

「有這個人嗎？不過，我可不像你那麼早熟。」

為了掩飾羞怯之情，柾木如此說道。幸好房內昏暗，對方似乎沒發現他臉紅，有些不服氣地說：

「不，你怎麼可能不知道？她是全校公認的美少女。很久沒跟你去看戲了，要不要找個時間去看看木下芙蓉？她的長相和小時候沒什麼變化，你看了一定會想起來。」

池內光太郎似乎相當以自己和木下芙蓉的交情為傲。

柾木愛造不知道木下文子取了個藝名叫「芙蓉」，但當然記得她的兒時模樣。關於她，柾木有個非常難為情的回憶，也難怪他要臉紅。

如前文所述，孩提時代的柾木是個極度內向又靦腆的小孩，但他並不像自己所說的那麼「不早熟」，對於同校女生也懷有比常人加倍強烈的稚氣憧憬。在他尋常小學四年級至高等小學三年級期間（註5），他曾偷偷暗戀某個女生，這個女生正是木下文子。說歸說，他不像池內光太郎那樣想得出「趁著上下學途中扯下她的辮子緞帶，欣賞她美麗的哭泣臉龐」這等絕妙點子，只能在感冒請假的時候，用燒得朦朦朧朧的腦袋想著她的笑容，並用發燙的小手臂緊緊抱住自己的胸膛嘆息。

某天，他的稚氣戀情獲得一個奇妙的機會。在他就讀高等小學二年級時，同年級的孩子王——一個已經開始長鬍子的高大少年——想寫情書給木下文子（當時她是尋常小學的三年級生），命令他代筆。想當然耳，他是全年級第一膽小鬼，對這個搗蛋少年又懼又怕。當對方抓著他的肩膀說「過來一下」的時候，他一如往常地淚水盈眶，只能乖乖從命。這個麻煩至極的代筆任務占據他所有心思，一放學回家，他連點心都沒吃，便關進房裡，在桌上攤開紙，煩惱著該如何下筆撰寫有生以來的第一封情書。然而，寫了幾行稚氣未脫的文章之後，他突然冒出一個不可思議的念頭。

「把這封信交給她的是那個搗蛋少年，但是寫這封信的是我。我可以藉著代筆寫下我的真情真意。那個女孩看的是我寫的情書。就算她不會發現，我還是可以一面描繪她的美麗幻影，一面在這張紙上傾訴我的心意。」

這個想法令他深深著迷。於是，他花費好長一段時間，在紙上寫下自己的所有感情，甚至還掉了幾滴眼淚在紙上。

搗蛋少年隔天將厚厚的情書交給木下文子，但情書似乎被文子的母親親手燒掉。事後，文子依然不改平時的活潑，而搗蛋少年後來也把這件事忘得一乾二淨，唯有身為代筆者的柾木仍耿耿於懷，繼續掛念著那封沒有用武之地的情書。

過了不久，又發生一件事。或許是代筆情書使得他的情意變得更加強烈，在度過好些難耐的日子之後，他想出一條幼稚的計策。他趁著四下無人之際悄悄跑進文子的教室，掀開文子的桌蓋，從裡頭的鉛筆盒中偷走變得最短、幾乎已經派不上用場的鉛筆，小心翼翼地帶回家。他把專供他使用的小巧鉸鏈門櫃子打掃得乾乾淨淨，再用Ｂ４紙把鉛筆包起來，宛若供奉神明似地供在櫃子深處。每當他感到寂寞便會打開鉸鏈門，膜拜他的女神。對於當時的他

註５／二戰前日本學制分為尋常小學四年、高等小學四年。前者為義務教育，後者不是。

而言，木下文子形同女神。

後來文子搬家，他也換了學校，這件事便被他擱置在腦海的角落裡。如今聽池內光太郎談起木下文子的現況，即使對方毫不知情，過去的羞恥回憶仍然令他忍不住臉紅。

就像喜愛淺草公園的群眾一般，柾木這種鍾情於「人潮中的孤獨」的孤僻男子，其實也喜愛火車、電車中的群眾及劇場的群眾，因此他對於戲劇頗有涉獵。木下芙蓉從前只是個不起眼的小牌女星，直到最近加入某個紅星的新戲才聲名大噪，雖非首席女星，但壓倒性的美貌與身材令她大受歡迎，成為整個劇團的第二紅牌。由於陰錯陽差，柾木尚未看過她演的戲，但是對她還是有這種程度的了解。

得知這名紅牌女星正是幼時的初戀對象，饒是孤僻的他也不禁略微興奮，開始懷念起她。即使她現在是池內光太郎的女朋友，反正自己本來就沒希望，去看看她登台表演，稍微沉浸於感傷之中，應該也不壞。

他們去K劇場看木下芙蓉是三、四天後的事。對於柾木愛造而言，不知究竟是幸或不幸，當時首席女星正好請病假，由木下芙蓉代演她的角色莎樂美。

形狀宛若兩隻鯛魚相對、獨具特色的大眼睛，在極短的人中之下不斷顫動、曲線如西方人一般流麗的上揚嘴唇，以及嫣然一笑時的難忘魅力，全都留有她過去的影子。然而，十幾年的歲月將綁著辮子的可愛小學生變成豐潤美麗、完美得可怕的女性，同時也將從前那個天真無邪的天使、柾木奉若女神的聖潔少女，變成妖豔無比的魔女。

看著在舞台上散發光彩的她，柾木愛造起先只感受到一股近乎恐懼的壓迫感，但這種感覺隨即化為驚異、化為憧憬、化為無限眷戀。成年柾木望著成年文子的眼神，已經不像從前那樣神聖。他心中雖然感到羞恥，卻在下意識間玷汙舞台上的文子，愛撫她的幻影、擁抱她的幻影、毆打她的幻影。鄰座的池內光太郎在他耳邊輕聲對芙蓉的舞台裝扮品頭論足，也帶給他不可思議的影響。

《莎樂美》是最後一幕，結束之後，他們便離開劇場，搭上接送的轎車，池內熟門熟路地指示司機開往附近的某家餐廳。柾木愛造知道池內在打什麼主意，但一來他想看看卸下舞台妝的芙蓉，二來他震懾於莎樂美的幻影，仍在恍惚之間，因此並未反對。

他們坐在餐廳的寬敞包廂裡，心不在焉地分享看劇心得，不久，身穿和服的木下芙蓉在侍應生的帶領下來到包廂。她站在紙門外，對著抬頭仰望她的池內微微一笑，隨即又發現柾木，露出了狐疑的表情，用眼神要求池內說明。

「木下小姐，妳不記得這位先生了嗎？」

池內露出淘氣的微笑。

「嗯。」

她回答，不住打量柾木。

「這位是柾木先生，我的朋友。從前不是說過嗎？我有個小學同學很喜歡妳。」

「啊，我想起來了，我記得。人長大了，果然還是會多少留下小時候的影子。柾木先生，真的好久不見。我變了很多吧？」

文子說道，行了個溫文的禮。她的絕妙嬌羞之態令柾木難以忘懷。

「我記得柾木先生在校時是個才子。池內先生則是因為常欺負我、把我弄哭，所以我才記得。」

她說出這句話時，柾木已完全為之傾倒，連池內看起來也不像是敵人。

話題從小學時代的回憶轉移到戲劇。池內一面喝酒，一面滔滔不絕地賣弄他的戲劇知識。他說得頭頭是道，也頗有見地，但還是和他的哲學論一樣，有些流於表面。木下芙蓉也有些醉意，不時向柾木使眼色，反駁池內的論點。她似乎看出在戲劇方面柾木較有真才實學（雖然還不到精通的地步），也較有深度，因此面對池內時是語帶揶揄，面對柾木時卻是擺出虛心求教的態度。憨厚的柾木對於她意料之外的好意十分開心，話比平時多了不少。他說話的方式對於芙蓉而言有點難懂，但是他說得正起勁的時候，芙蓉總會凝視他的眼睛，露出近乎讚嘆的表情，專注地聆聽他的話語。

「以後也請你繼續捧場。如果有機會，我還想向你多多討教呢！」

道別時，芙蓉一本正經地如此說道，看起來並不像是單純的客套話。

柾木原本以為得忍受池內的炫耀，心裡有點厭惡這場宴會，沒想到反而是池內得嫉妒他。芙蓉有別於一般女星，思想似乎較為傳統，這一點令柾木頗感意外，同時也增添對她的好感。在回程的電車中，柾木像個小孩不斷在心裡覆誦她說的那句話：「我記得柾木先生在校時是個才子。」

三

就世人所知，在這之後至柾木愛造殺害木下芙蓉的半年間，兩人僅僅見過三次面（而且三次都是在頭一個月）。換句話說，木下芙蓉凶殺案是在他們最後見面那一天的五個月後，在他們可能早已忘了彼此的時候突然發生。這是個令人難以置信的古怪事實。這空白的五個月切斷犯罪動機與犯罪本身的關聯，因此柾木愛造才能在行凶後長時間逃過警察的法眼。

然而，這只是表面上的事實。實際上，他透過某種古怪至極的方法，在那五個月間，以大約五天一次的頻率頻繁地和芙蓉見面。對他而言，他的殺機可說是經由極為自然的歷程逐漸茁壯成長。

木下芙蓉是他幼時的初戀女孩，他甚至把她的物品當成神明膜拜。非但如此，睽違十幾年重逢時，他見到的是芙蓉令人神魂顛倒的妖豔舞台裝扮，而且這個昔日的情人、當時從未交談過的她，竟然用溫柔的眼神望著他、對他微笑，甚至敬畏並崇拜他的思想。縱使柾木愛造是個孤僻的膽小鬼，也敵不過這股魅力，無法像逃避其他女人一樣逃避她。他只和她見了三次面便向她表白心跡，正是最好的證明。

雖然三次的地點都不同，但他們都和頭一次一樣，三個人一面吃飯一面聊天。作東的當然是池內，柾木一向是當陪客。不過，芙蓉每次都欣然赴約，而柾木自戀地認定這是因為芙蓉對他感興趣，甚至同情起池內來了。芙蓉面對池內時，總是採取一般女紅星的態度，有時候唱反調、有時候擺架子，甚至以話語戲弄對方。看她這副模樣，活脫是柾木最討厭、最害怕的那種女人，可是在面對柾木時，她的態度卻又一百八十度轉變，宛若一名藝術的使徒，認真傾聽他的意見。每次見面，她這種無聲的親愛之情似乎變得更為濃烈。

不過，可憐的柾木完全誤會了。他居然忘記芙蓉這類女性就像跳雙面舞一樣，總是具備兩、三種截然不同的性格，視場合及對象適時切換。她的好意其實和男性友人池內光太郎對柾木展現的好意是一樣的，不過是覺得柾木這種古典小說裡常見的陰鬱善思性格很有趣，也欣賞他優秀的藝術評判力，把他當成一個可以暢所欲言的聊天對象罷了。然而，柾木絲毫沒有察覺她這份親愛之情的真正意義。他過於抬舉自己，甚至憐憫起池內，殊不知池內心裡其實也在嘲笑他。

池內起先打的主意，只是向這個可愛的木訥朋友炫耀他的新愛人，淺嘗罪惡的樂趣而已。待他達到目的之後，就用不著這個礙事的電燈泡。再說，雖然池內不知道柾木小學時代的可恥行徑，但看到柾木近來一頭熱的模樣也有些擔心，認為該是收手的時候。

他們第三次見面時，下個星期日正好是月底，芙蓉也剛好有空檔，三人便約好一起遊覽鎌倉。柾木滿心期待池內通知他當天到哪裡會合，但不知何故，池內竟音訊全無。柾木按捺不住，寫了封信詢問，可是池內並未回信，約定的星期日轉眼間過去。柾木已猜出池內與芙蓉不只是朋友，因此他又自戀地認定是池內在吃醋。一想到博學多才又儀表出眾的池內居然如此嫉妒自己，他甚至有些得意洋洋。

不過，少了池內居中牽線，柾木根本無計可施。見不到芙蓉的日子越來越長，令他焦躁難耐。雖然他每三天就會去看一次戲，躲在三樓座席區的人群裡悄悄欣賞芙蓉的演出，但這麼做反而增強他的焦慮，完全無法撫慰他濃烈的思慕之情。大多日子，他都窩在土倉二樓，日日夜夜描繪木下芙蓉的幻影。每當他閉上眼睛，她的各種姿態便會浮現於眼皮底下的黑暗中，化為特寫，惱人地蠢動著。小學時代仙女般的清純笑容之上，浮現半裸莎樂美的嬌笑，金色抹胸覆蓋的豪乳波濤起伏，凹凸有致的結實上臂縱情地跳著蛇舞。這道充滿壓迫感的狂野身影之中又摻雜著另一個身穿大花和服的她，併攏縐綢底下的膝蓋，一面抬眼望著他，一面聆聽他說話。這副惹人憐愛的模樣從各種角度放大，特寫出身體的每一角，擾亂他的心房。他不能思考、不能讀書、不能寫字，連佇立於幽暗房間角落的木雕菩薩都成了惱人聯想的題材。

某天晚上，心癢難耐的他終於下定決心實行構思許久的計畫。他雖然是隻陰鬱的困獸，卻頗愛打扮，外出時總是把儀容打理得整整齊齊。當天晚上也一樣，他吩咐煮飯婆替他燒水，梳洗過後換上西服，在吾妻橋邊僱輛車子，前往當時芙蓉工作的S劇場。

他事先算好時間，車子抵達劇場的後台出入口時，觀眾才剛散場。他命令司機在原地等候，自個兒下了車，站在後台出入口的樓梯旁邊，耐心等待明星們卸妝出來。他從前曾和池內一起用相同的方法邀約芙蓉，大致知道該怎麼做。

附近有許多女孩等著一睹明星卸下舞台妝之後的模樣，還有些穿著時髦西服的不良青年四處遊蕩。其中有個看起來比柾木年長的紳士，和他一樣讓車子候著，自個兒則是悄悄窺探後台出入口。

柾木忍著羞恥等待三十分鐘後，總算看見身穿洋裝的芙蓉走下樓梯。他跌跌撞撞、慌慌張張地跑向芙蓉，而當他咕咕噥噥地叫著「木下小姐」時，說來不巧，另一個紳士正好從別的方向走來，熱絡地向芙蓉攀談。柾木像個駑鈍的小孩紅了臉，連返回原地的勇氣也沒有，只能呆呆望著兩人站著說話。紳士指著一旁等候的車子，頻頻邀請芙蓉，而芙蓉似乎也認識他，欣然接受他的邀約，朝著車子邁開腳步。直到這時候，她那雙別具特色的大眼睛才發現柾木的身影。

「哎呀，這不是柾木先生嗎？」

她主動攀談，令柾木有種得救的感覺。

「對，我正好路過，想順道送妳一程。」

「這樣啊，那就麻煩你了。我也正想和你見面呢！」

她無視剛才的紳士，用親暱的口吻說道。接著，她簡短地向那位紳士道歉，一面和柾木說話一面搭上他的車。面對她如此張揚的好意，柾木的錯愕之情更勝於喜悅，連要把先前聽來的芙蓉家住址告訴司機時，都結結巴巴好一陣子。

「池內先生真是的，上個星期日居然放我們鴿子，好過分。還是因為你不方便？」

車子發動之後，隨著車體震動，她逐漸倚向他，並找個話題聊天。事實上在那之後，芙蓉每隔不到三天便和池內見一次面，所以這句話當然只是客套話。柾木一面為了芙蓉身體的溫暖觸感而忐忑不安，一面回答：「不方便的應該是池內吧。」她則說道：「那麼，這個月底再一起出去玩吧！」

就在他們暫時失去話題，只能互相感受彼此的觸感時，車裡突然亮起來。車子正好經過某條被街燈和櫥窗照得通明的大馬路。見狀，芙蓉小聲說道：「哎呀，好刺眼。」竟大膽地將自己那一側的車窗遮光簾放下來，並拜託柾木也放下他那一側的遮光簾。她這麼做並無他意，身為女星的她平時就得保持低調，即使是單獨搭車也會放下遮光簾，更何況現在與男人共乘一車。她不過是為了慎重起見，避人耳目罷了。同時，這也證明她有多麼不把柾木這個男人當一回事。

然而，柾木完全曲解芙蓉的意思，居然愚蠢地認定這是她特意製造的機會。他發著抖放下所有遮光簾，接著有好長一段時間——感覺上猶如整整一個小時——他都面向正面，一動也不動。

「可以拉起來了。」

車子開進幽暗的街道後，芙蓉便體貼地說道，但她的聲音反而鼓舞了柾木。他身子一震，默默握住她膝蓋上的手，而且越來越使勁。

芙蓉意會過來，不發一語地巧妙抽出手，並把身子挪到座椅邊緣。接著，她打量柾木那如同木雕般僵硬的表情，過一會兒居然笑起來，而且是忍俊不禁的那種笑。

柾木這輩子從未經歷過如此漫長的笑，她不停地、不停地笑，彷彿真的很好笑。如果只有她一個人發笑，柾木尚能容忍。柾木最無法忍受的是自己居然也跟著她笑起來。啊，這是多麼令人唾棄的笑啊！倘若他是打算把剛才的可恥舉止當成玩笑帶過，豈不是更加可恥？對於自己的憨厚性子，他忍不住渾身打顫。

這件事對柾木的打擊極大，甚至可說日後他犯下那麼駭人聽聞的凶殺案，最初的動機便是起於這一笑。

四

接下來的幾天，柾木完全沒有氣力思考，只是茫然坐在土倉的二樓。他更加痛切地感受到，自己與他人之間有道難以打破的厚牆。厭惡人類的感情猶如反胃感一般湧上來。

他將木下芙蓉視為所有女性的代表，對她懷著無以復加的憎恨。然而，這是種多麼不可思議的心態啊！他極度憎恨芙蓉，卻難以忘懷孩提時代的稚氣戀情。非但如此，雖然他不願想起她成熟的眼睛、嘴唇及全身散發的魅力，卻無法克制自己一再回憶。他顯然再次愛上了木下芙蓉，而這份戀情自破滅的那一天以來，似乎變得更加火熱。如今，濃烈的愛情與深沉的憎惡化為一體。說歸說，倘若今後他與芙蓉四目相交，他必定會感受到難耐的羞恥與憎惡。他絕不再與她見面，可是又瘋狂地愛著她，一心想占有她。

如此這般，懷著強烈憎惡的他在不久之後故態復萌，又躲在三等座位偷偷觀賞芙蓉的演出。乍看之下這種行為古怪至極，但孤僻者的性格雖是極度恐懼旁人看著自己、聽自己說話，不過在沒人看見，或是即使看見也不會注意到他的地方（比如公園的群眾之中），他反而比常人更加大膽放肆好幾倍。柾木關在土倉裡不讓別人靠近的理由之一，就是為了放縱在旁人面前不斷壓抑的自我，隨心所欲地做自己想做的事。孤僻者這種愛好祕密的特質，其實和窮凶惡極的罪犯頗有相通之處。總而言之，柾木憎恨芙蓉卻又去看她的戲，也是出於這種心態。他的憎惡意味著與對方見面時，自己因為羞恥而反胃的異樣心境。因此，站在無須擔心被人看見的劇場站位區望著對方，與他的憎惡絲毫沒有矛盾之處。

然而，光是看著舞台上的芙蓉，根本無法慰藉他強烈的思慕之情。越是望著她，他那股沒有獲得滿足的慾望便越發深厚強烈。

某一天，讓柾木愛造決心犯下可怕罪行的重大機緣出現了。那是在他前往劇場觀賞芙蓉的演出後，正要打道回府時的事。散場後，走出偏門的他在那一夜的回憶刺激之下，突然想看看卸下舞台妝的芙蓉，便混在黑暗與群眾之間，悄悄地繞到後台出入口。

他彎過建築物轉角，輕快地步向可望見後台樓梯的地點。就在這時候，他發現令人意外的一幕，不得不再次躲回建築物後方。因為他在後台出入口的人群之中看見池內光太郎熟悉的身影。

他效法偵探，一面小心別被對方發現，一面定睛凝視。不久，芙蓉步出後台出入口，池內迎上前去，和她說了幾句話。不消說，池內打算用等在後頭的轎車載她前往某個地方。

從前幾天晚上芙蓉的態度，柾木愛造猜出池內與她的關係已然非常深厚。如今親眼目睹他們親密的模樣，不由得醋勁大發。不知是不是熱愛祕密的癖好所致，他決心跟蹤池內兩人。他連忙僱了輛候客的計程車，命令司機尾隨池內的車。

從後方看上去，池內的車並不知道自己被人跟蹤，傻傻地在柾木座車的車頭燈光圈裡搖來晃去。行駛片刻之後，從柾木的座車可看見池內車子後方的遮光簾迅速放下來，就和那天晚上一樣。一想到放下簾子的人，心境八成和自己那時候截然不同，他便萌生一股難耐的焦躁感。

池內的車子停在築地的某家旅館門前，門內有片寬敞的樹籬，看起來閑靜優雅，正是適合幽會的好地方。他們刻意挑選這種僻靜的地方幽會，讓柾木倍覺可恨。

目睹他們進入旅館之後，柾木下車，像隻無頭蒼蠅一樣在門前繞來繞去。愛戀、妒恨與氣憤令他興奮至狂亂的地步，說什麼也無法留下兩人自行回去。

在門前徘徊了約一小時後，他靈機一動，突然走進門裡。雖然店家表明「只收常客」，但他百般懇求，獨自住進旅館。這間旅館雖然寬敞，但一來夜深了，二來客人似乎不多，看起來陰森森又靜悄悄。他來到店家安排的二樓房間，立刻鋪好床、躺下來，靜待午夜來臨。

待樓下的大鐘報時兩點整，他便緩緩起床，穿著睡衣悄悄離開房間，猶如影子一般沿著牆壁在幽靜寬敞的走廊上徘徊，尋找池內與芙蓉的房間。這是一項非常困難的工作。他比膽小的毛賊更加小心翼翼地拉開每扇前頭擺著拖鞋的紙門，從門縫窺探房內，終於讓他找到目標。雖然電燈關著，但是尚未就寢的兩人仍在竊竊私語，因此他能夠辨認出來。得知兩人還醒著，他必須更加小心。他摀著撲通亂跳的胸口，為了避免發出聲音，身體緊緊貼著紙門，全神貫注地偷聽。

房裡的兩人萬萬沒想到柾木愛造就在紙門的另一側偷聽，因此聲音雖輕，話題卻是百無禁忌，想說什麼便說什麼。他們的談話內容並沒有多大意義，但是對於柾木而言，一動也不動地聆聽木下芙蓉隨和——甚至有些粗魯——的口吻和懷念的鼻音，實在教他心癢難耐。

如此這般，為了避免遺漏房裡的任何聲音，他歪著脖子、屏住呼吸，全身上下的肌肉如同木雕僵硬，用滿布血絲的紅眼凝視著不知名的空間，久久未離去。

五

自此以後，直到犯下殺人罪之前的五個月間，要說柾木愛造的生活即是跟蹤與偷聽的生活也不為過。在這段期間，他簡直是一道糾纏池內與芙蓉床笫情事的可怕影子。

雖然他大致想像得出，但是實際見聞兩人之間的情事，仍然讓他嘗到無地自容的羞恥與心臟被掏空般的悲傷滋味，甚至感受到肉體上的痛苦。聽見池內充滿壓迫感、猶如野獸般的呢喃聲，他萌生一股強烈的羞恥，在無人的紙門邊羞紅了臉。芙蓉那粗魯又赤裸裸的用字遣詞，則令人難以聯想至白天的她，但是每個音節卻又令他懷念無比，一聽見她甜美的聲音，他便無法克制盈眶的熱淚。每當他聽見衣物摩擦聲或嘆息聲，他的膝蓋以下就因為害怕而完全失去知覺，甚至發起抖來。

他獨自在昏暗的紙門外嘗盡各種羞恥與憤怒，這已經夠他受的了，換成一般人應該不會再自找苦吃。不，一般人甚至從一開始就不會打這種近乎犯罪的歪腦筋，在房門外行偷聽之事。然而，柾木愛造不光是個內向孤僻的異常人，他的心底深處還潛藏著噁心的病態癖好。

對他而言，祕密和罪惡擁有不可思議的魅力。這段異常的經歷，顯然成了使他這種潛在的邪惡癖好浮上檯面的契機。

這種噁心至極的偷聽和偷窺行徑，帶給他渾身發癢的羞恥、幾欲掉淚的憤怒以及膽顫心驚的恐懼。然而不可思議的是，另一方面，卻也為他帶來無限的歡喜與無比的陶醉。他怎麼也忘不了意外窺見的世界那股狂野的魅力。

古怪至極的生活開始了，柾木愛造的所有時間都花在查探小倆口的幽會地點與時間，把握所有機會跟蹤他們及瞞著他們偷聽、偷窺。當時池內與芙蓉的感情正好邁向更為親密且認真的階段，兩人時常幽會。而他們越是沉醉於如夢似幻的戀情中，柾木在令他咬牙切齒的苦樂世界裡徬徨的次數便越發頻繁，也越發痴迷。

大多時候，兩人別離時都會討論下次於何時何地幽會，這便成了柾木跟蹤的線索。他們幽會的地點並不限於築地的旅館，會合的地點也不只後台出入口一處，但是柾木從未遺漏過。每當他們進行五天一次或七天一次的幽會，柾木便化為邪惡的影子糾纏他們，住進同一間旅館，有時從紙門外，有時從一牆之隔的鄰室，有時甚至在牆壁上挖洞，監視他們的一舉一動（為了不被對方發現，柾木可說是費盡千辛萬苦）。如此這般，他時而露骨、時而隱晦地偷聽小倆口的一言一語，偷窺小倆口的一舉一動。

「我又不是柾木愛造，跟我說這個做什麼？」

某天夜裡竊竊私語時，池內突然說出這句話。

「哈哈哈哈哈，就是說啊！你雖然不擅言詞，但是討人喜愛。柾木能言善道，可是令人作嘔，這樣行了吧？你以為有人會喜歡那種一無四處的呆頭鵝嗎？哈哈哈哈哈哈！」

芙蓉低沉卻目中無人的笑聲，像錐子刺穿柾木的胸口。她的笑聲和那天晚上在車子裡的一模一樣。對於柾木而言，是殘酷、壞心眼、厚不可測的牆壁。

兩人完全沒發現柾木在偷聽，肆無忌憚地談論他。聽了他們的一番話，柾木痛切感受到自己果然不容於這個世界，是完全孤單的異類。自己是異類，所以這種卑鄙又令人唾棄的行為反而適合自己。這個世界的罪惡對自己而言並非罪惡，像自己這樣的生物只能這麼過活——柾木漸漸萌生這種想法。

另一方面，他對於芙蓉的愛慕之情隨著一再偷聽與偷窺而越來越強烈，直教他無法呼吸。每當他偷窺，便會發現她新的肉體魅力。他不只一次從門縫窺見芙蓉穿著薄紗襯衣，宛若海底的人魚般，在幽暗室內的蚊帳裡（這陣子已經是夏天）白晃晃地蠢動。

這種時候的芙蓉，就像母親一樣令柾木懷念，那般柔弱的模樣如夢似幻，給他一種玄奧的感覺。

然而，柾木也看過截然不同的場面。芙蓉變成瘋狂的妖女，散亂的髮絲宛若無數糾結交纏的蛇，褪去和服的全身散發著耀眼的粉紅色光芒，光滑的四肢在半空中搖晃。柾木難以承受這種狂野的光景，甚至忍不住發抖。

某天晚上，他悄悄住進兩人隔壁的房間，趁著他們去澡堂時，用火筷在砂壁的牆裙的糊紙角落挖了個小洞。這個方法他用上癮後，總是盡可能住進兩人隔壁的房間，並在每間旅館的牆壁挖洞。他持續著這種和狐狸一樣卑劣的行為，突然驚覺「我居然墮落到這種地步」，並為之駭然。然而，這或許是種強烈的驚訝，但絕非悔恨。異常的情慾魔鬼讓他和清玄（註6）一樣，成為執拗的無恥之徒。

他用醜陋的姿勢趴在地上，鼻頭抵著牆壁，耐著性子窺視小洞。小洞的另一頭大多是古怪絢爛的地獄偷窺圖，俗豔的五彩霧氣交織纏繞，耀眼奪目。有時候，芙蓉的後頸宛若一面光滑的白牆，占據整個視野，令他心臟撲通亂跳。有時候，她柔軟的腳掌從正面擋住了小洞，掌紋看起來猶如露出異樣笑容的老人臉龐。然而，說來不可思議，在所有幻惑之中，最吸引柾木愛造的竟是她小腿上那道滲著些微黑血的抓痕，那或許是池內的指甲抓傷的。這道傷痕在他的眼前異樣地擴大蠢動，淡桃紅色的小腿越是光滑，無情劃裂表面的醜陋傷痕越是顯得妖豔美麗，深深烙印在他眼底。

雖然這種禽獸不如的行徑在帶給柾木羞恥與痛苦的同時，也為他帶來奇異的快感，但是這麼做，只是讓他一天比一天焦躁苦惱，完全無法滿足。聽著一門之隔的聲音、看著近在咫尺的身影，他與芙蓉之間卻有著無限隔閡。明明她的身體就在眼前，卻抓不到、抱不著也摸不得，但這些他永遠辦不到的事，池內光太郎當著他的面卻輕而易舉、隨心所欲地辦到了。無法承受這種殘忍折磨的柾木愛造，最後動起那麼可怕的念頭，說來也是情有可原。那是種異想天開的瘋狂手段，但也是他僅剩的唯一手段。不用這個手段，他的戀情永遠無法開花結果。

註6／淨琉璃戲碼《清玄櫻姬》的主角清玄法師，因迷戀櫻姬而破戒被殺，死後化為亡靈繼續糾纏櫻姬。

六

大約在柾木展開跟蹤、偷聽的兩個月後，惡魔開始在他耳邊輕聲訴說某個可怕的主意。漸漸地，他被這番甜言蜜語牽著鼻子走。不過半個月，這個主意便化為實際的計畫，再也沒有轉圜的餘地。

某一晚，他造訪久違的池內光太郎家。雖然他透過某種祕密的方法時常見到池內，但對於池內而言，卻是睽違一個半月、略微尷尬的會面。池內顧慮柾木的感受，便搬弄三寸不爛之舌，說得彷彿自己也已經很久沒見到芙蓉一般。柾木正等著對方主動提起芙蓉，便抓住這個機會，若無其事地說道：

「哎呀，說到木下芙蓉，我做了一件對你有點過意不去的事。說起來是我一時著魔，老實說，已經是一個多月以前的事。那時候芙蓉在S劇場登台演出，我剛好在散場時間經過附近，就在後台出入口等她出來，順便用我的車子送她回家。當時在車上我一時著了魔，居然向那個女人求愛。不過，你不用生氣，因為她斷然拒絕了我，我根本配不上她。要是繼續瞞著你，活像我現在還在嫉妒你和她的關係，這樣太難受了，所以，雖然難以啟齒，我還是決定向你坦承這個可恥的失敗經驗。那真的只是一時著魔，我已經對那個女人沒有意思。你也知道，我這個人根本無法認真談戀愛。」

柾木也不明白自己為何要對池內說出這番話，只是隱隱約約覺得隱瞞這件事並不妥當，說出來反而比較安全。

瘋子往往認為其他正常人才是瘋子，由此看來，柾木愛造討厭人類，覺得自己以外的人類全都是異國人，或許正好證明他打從一開始就瘋了。

事實上他確實是個瘋子，他的執拗和不知羞恥的跟蹤、偷聽、偷窺行徑全都瘋狂無比。這回，他做出了更加瘋狂、更加異想天開的事。那個厭惡人類又陰鬱深沉的柾木愛造，居然像個新潮青年一樣加入隅田川上游的汽車駕訓班，每天風雨無阻地上課、學習開車。不僅如此，他深信這對於他的可怕計畫而言，是不可或缺的準備工作。

『我最近開始做一件不可思議的事。像我這種古板又陰沉的男人，居然學起開車呢，你知道了一定大吃一驚吧？我家的煮飯婆看見我每天一反常態地早起，風雨無阻地參加駕訓班，簡直嚇破膽。說來奇妙，練習用的福特老車開著開著，我也就稍微抓住竅門。照這樣看來，再過一個月，我應該就能拿到駕照。

如果成功考取駕照，我打算買輛車，自己開車出去兜風散心。你明白我的感受嗎？對我來說，這是個很棒的主意。我可以獨自坐在箱子裡，完全不引人注意，以飛快的速度自由自在地暢遊整個東京。你也知道我不愛出門，就是因為我討厭拋頭露面。即使搭車，還是得跟司機說話，指示司機開往哪裡，這樣司機就會知道我要去什麼地方。不過，如果自己開車，便能隨心所欲漫遊各地，沒有人知道我的去向，心情和窩在最愛的土倉裡一樣輕鬆自在。無論是再怎麼熱鬧的大街或人群，我都可以像個身穿隱身蓑衣的仙人，在眾人毫不關心的狀態下通過。對於我這樣的男人而言，這是多麼理想的散步方式啊！我現在就像小孩，滿心期待拿到駕照的那一天到來。』

柾木寫了封上述內容的信給池內光太郎。這是一條捨身之計，故意大膽暴露自己的犯罪準備工作，讓對方輕忽大意、放鬆戒心。他很清楚，在這種時候，大膽暴露往往比小心掩藏更加安全。當然，這段期間，他依然持續著七天一次的跟蹤與偷聽，並特別留意池內收到信之後的一舉一動，而池內除了嘲笑柾木的古怪行徑以外，完全沒有起疑心。

雖然花了不少錢，但僅僅練習一個月，他便順利拿到駕照。同時，他透過駕訓班買了輛中古的廂型福特汽車。之所以選擇廉價的福特汽車，一方面是為了省錢，但最主要的理由是，當時東京市內的計程車大多都是福特汽車，混在其中較不顯眼。基於某個理由，他買下這輛車子時，並沒忘記將後座的遮光簾換新。如前文所述，他位於K町的家有個寬敞的荒廢庭院，因此蓋起車庫一點也不麻煩。

車庫蓋好之後，為了避免被煮飯婆發現，柾木緊閉車庫大門，小心翼翼地做了兩晚的木工。他把車子的後座拆下來，在空空如也的內部裝上木板、改造坐墊，做出一個可容納單人橫躺的箱型空間。換句話說，雖然從外表完全看不出來，但其實坐墊下方有一個長方形的棺木狀空間。

完成這項奇妙的改造工程後，他到舊衣店買了件計程車司機常穿的立領服、蘇格蘭花呢大衣，以及足以蓋住眼睛的狩獵帽。他穿著這身衣服坐進駕駛座，不分日夜地在市內或郊外兜風。

這當真是種奇妙的光景。雜草叢生的荒廢庭院，牆壁剝落的土倉，傾頹的破屋，崩塌的土牆——這麼一棟荒涼至極的鬼屋門內，每天會駛出一輛氣派的轎車（即使只是一輛中古福特）；倘若是夜晚，甚至還會閃爍著猶如怪獸眼珠的兩個車頭燈，不知前往何方。不光是煮飯婆，連附近的居民也議論紛紛。面對這個怪人的奇異行徑，眾人莫不瞠目結舌。

起初的一個月，他裝作是因為剛學會開車很開心，沒事就開著車子四處兜風。市內自然不用說，只要不是路況很差的地方，連較遠的郊外也去過。有一回，他把車停在池內的公司玄關前，載著大吃一驚的池內從宮城前的廣場繞了上野公園一圈。池內嘴上雖說：「這實在不像你會玩的把戲。話說回來，開中古福特車，未免太沒情趣。」臉上卻充滿驚訝之色。倘若他知道現在坐著的座椅底下有個奇妙的空間，而且在不久的將來會用來藏屍，一定會臉色發青、不斷發抖吧！一思及此，柾木就必須一面開車一面縮起背，把臉埋在胸口，隱藏湧上來的賊笑。

又有一晚，雖然只有那一次，他居然大膽地開車跟蹤出外散步的木下芙蓉。倘若被對方發現，他的計畫就泡湯了，可說是個十分危險的遊戲。不過正因為危險，反而帶給柾木令他打顫的快感。身穿洋裝的美人裝模作樣地走在步道上，一輛破舊的轎車慢吞吞地跟在斜後方。美人彎過街角，破車也彎過街角，活像用繩子繫著的家犬一般，是種十分滑稽，同時也十分恐怖的光景。「小姐，快瞧，妳的棺材就跟在後頭。」柾木在心中唱著這樣的歌，露出陰森的微笑緩緩開車。

買了車子後，柾木之所以又耐著性子浪費足足一個月的時間做這些事，自然是為了不讓池內、煮飯婆和附近鄰居察覺他的企圖。他認為，若是他剛買車子芙蓉就遇害，未免有點危險。其實這或許是柾木想太多。因為從表面上看來，他和芙蓉只是小學時代的舊識，相隔十幾年後偶然重逢，小聚了三、四次而已。之後已經過了四個月，即使柾木買車的日期與芙蓉遇害的日期完全一致，又有誰想像得到兩件事之間，竟然存在著可怕的因果關係？就算他立即行動，應該也不會有半點危險才是。

無論如何，饒是謹慎的柾木，也認為一個月的悠閒兜風已經足夠，可以動手實行計畫了。不過在那之前，他還必須進行兩、三項瑣碎的準備工作：拿到印有計程車紅色標誌的紙片、備妥印著假車號的後車牌，以及替芙蓉準備一個安全的墳場。前兩樣東西他輕易便弄到手，關於墳場，他也有一個無可挑剔的好點子。他知道家裡的荒廢庭院正中央有一口很深的乾涸古井。某天他在庭院裡遊蕩，故意在井邊滑倒，讓小腿前側受傷。他把這件事告訴煮飯婆，並聲稱古井太過危險，打算將它填平。那陣子附近的道路正好在施工，載運廢土的馬車每天都會經過他家門前，工地現場也插著「需要用土的民眾請入內洽詢」的立牌。柾木便付錢買了兩車的土，請工頭運到他的庭院裡。馬伕把馬車牽進他的荒廢庭院中，粗魯地將土倒在角落便離開了。接下來，他只須在適當的時機僱用工人，把土倒進古井中就行了。不消說，他打算在填平古井之前將芙蓉的屍首丟進井底，再倒些土在上頭，避過工人的耳目，神不知鬼不覺地將她埋葬。

準備工作順利完成，接下來端看他決定於哪一天動手。關於這一點，他有個明確的計畫。如前文所述，在這段期間內，他依然持續跟蹤與偷聽行為。他知道池內與芙蓉下次見面的地點和時間，也知道當時戲劇正好下檔，芙蓉是從家裡出發赴約，這種時候，她從不去招呼站僱車，而是走到附近的街角招路過的計程車。老實說，正因為知道這些細節，他才想出那個奇特的轎車殺人手法。

七

十一月的某一天，那天一大早便是晴朗的好天氣，從高處屋子的窗戶可以清楚望見富士山的山頂。入夜以後，帶著些微涼意的微風吹來，閃閃發亮的星星在空中大放異彩。

當天晚上七點，柾木愛造的轎車閃動著充滿歡喜的雙眼，伴著盛大的引擎聲滑出鬼屋大門，一直線地奔馳在無人的隅田川河堤上，朝吾妻橋的方向邁進。駕駛座上的柾木愛造輕快地握著方向盤，吹著與他毫不搭調的口哨，看來雀躍不已。

多麼晴朗的夜晚，多麼快活的他。他開朗的神色絲毫不似一個正要犯下可怕罪行的人。然而，就柾木的心境上而言，他並不是即將要犯下陰狠的殺人案，而是要迎娶他殷殷期盼十幾年的新娘。這一夜，昔日的女神木下文子、令他魂牽夢縈的木下芙蓉，即將完全歸他所有。任何人都無法阻礙他，即使是池內光太郎亦不例外。啊，這股歡喜當真是難以言喻。晴朗的夜晚、閃爍的星星和從轎車擋風玻璃的縫隙間輕撫他臉頰的微風，也都在祝福這場異常的婚禮。

當晚，木下芙蓉的幽會時間是八點，而柾木早在七點半就把車子停在芙蓉平時叫車的街角等候。他縮著背、深戴狩獵帽，坐在駕駛座上，偽裝成路邊候客的落魄計程車司機。前方的擋風玻璃上醒目地貼著印有紅色標誌的紙片，車尾的車牌不知幾時間變成了假的營業車牌，上頭的車號與警察發給的完全不同。任誰看了，都會以為那是一輛隨處可見的候客福特汽車。

「該不會今晚臨時有事，改期了吧？」

就在等得不耐煩的柾木開始如此懷疑時，身穿和服的芙蓉正好在對面的街角現身。她刻意打扮得很樸素，穿著有內襯的茶色和服與黑色外套，並用黑色披肩藏起下巴，小跑步靠近柾木。不知是不是街燈造成的陰影所致，她的臉色看起來有點消沉。

當時正好沒有空車經過，她理所當然地奔向柾木的車。不消說，柾木的欺瞞之計奏效，她以為這輛車是在路口候客的計程車。

「到築地，築地三丁目的站牌旁邊。」

柾木並未下車，而是背過臉反手打開車門。芙蓉匆匆忙忙坐上車，對著柾木的背影告知目的地。

柾木邊在心中大奏凱歌，邊駝著背把車子開往她指示的方向。在冷清的市區裡拐幾個彎以後，車子開進某條夜間攤販林立、明亮繁華的大馬路，這條大馬路是柾木計畫中最重要的地點。他一面開車，一面從狩獵帽的帽簷底下抬眼凝視後視鏡映出的後座車窗，等待某件事情發生。

不一會兒，為了遮擋刺眼的燈光，芙蓉和半年前與柾木共乘一車時一樣，將後座四方車窗的遮光簾一一拉下來（註7）。柾木的心頭小鹿亂撞，喉嚨像是跑了一里路一樣乾渴，舌頭宛若樹木僵硬。然而，他忍著這種瀕死般的痛苦繼續開車。

來到熱鬧大馬路的中段，前方傳來狂熱的音樂。那是在空地搭建大帳篷進行公演的女子馬戲團的攬客樂隊，老式的鄉村音樂震天價響，活惚舞曲（註8）的鼓樂喧天。馬戲團前方人山人海，堵住整條人行道。發出如雷聲響的電車、轎車、腳踏車在車道上來來往往，形成急流。震耳欲聾的音樂和淹沒視野的人潮奪走這一帶行人的所有注意力。如柾木所料，這裡是個完美的犯罪舞台。

註7／當時的廂型福特汽車在後座與駕駛座之間有玻璃相隔，窗上則掛著百葉窗簾。

註8／一種搭配通俗樂曲的滑稽舞蹈。

他將車駛向車道的某一側，突然停下車，用快得看不見的動作衝下駕駛座，跳進後座，並從車內「啪」一聲關上車門。車子正好停在烤雞攤位的後方，即使有人看見車子，由於遮光簾已全數拉起，外人絕不會察覺車內後座的情況。

一跳進後座，他便撲向芙蓉的喉嚨。白皙柔軟的脖子在他雙手之間柔韌地擺動。

「原諒我、原諒我，我太愛妳了，愛得不能讓妳活下去。」

他口中呼喊著這番荒唐無稽的話語，雙手勒得越來越緊，幾乎快勒斷白皙柔軟的脖子。

眼見一直以為是司機的男人突然臉色大變、發狂似地衝進後座，芙蓉靠著將死之人的迅速思考能力認出柾木。然而，她宛若身在惡夢中，全身麻痺，舌頭抽筋，既無力逃走也無力呼救。說來奇妙，她瞪大眼睛，眨也不眨地凝視柾木的臉，露出淚中帶笑的表情，彷彿引頸就戮一般。

柾木花了過長的時間勒住對方的脖子。即使想放手，但他的手指已失去知覺，根本不聽使喚；更何況他擔心自己一鬆手，芙蓉立刻會變得生龍活虎。然而，他總不能永遠勒著芙蓉的脖子，只好戰戰兢兢地放開手。只見被害者猶如水母，軟綿綿地倒向車底。

他拆下坐墊，費九牛二虎之力將芙蓉的屍首放進下方的空箱裡，再將坐墊復原，疲憊地跌坐下來。為了讓自己恢復平靜，他動也不動地坐著好一陣子。外頭的活惚舞曲依然鼓樂喧天，莫非是為了欺騙他而若無其事地繼續奏樂？倘若他放下心來、拉開遮光簾，玻璃窗外會不會有無數的臉孔層層疊疊，用上千隻眼睛窺探著他？他怕得忍不住打顫。

他戰戰兢兢地窺探遮光簾的縫隙，令他安心的是，外頭沒有半張凝視他的臉。電車、腳踏車、行人，全都對他的轎車漠不關心，匆匆忙忙地經過。

得知不必擔心後，他的心神略微安定下來，整理紊亂的服裝，檢查車裡有無忘了隱藏的東西。他發現車底的橡膠墊角落有個小小的手提袋，想當然耳是芙蓉的物品。打開一看，裡頭沒多少東西，但有一面銀色的隨身鏡。他順手拿出來，照看自己的臉。圓鏡中的他臉色有些發青，但是並未呈現惡魔之相。他凝視著鏡子許久，努力調整臉色、緩和呼吸。不久，他稍微恢復平靜，猛然衝回駕駛座，開著車子匆匆忙忙地橫越電車軌道，駛往反方向。他經過幾條無人通行的冷清街道，在某座神社前停車，確認四下無人之後，熄了車頭燈、拉開遮光簾、撕下計程車標誌、將車牌換成原本的真貨，然後再次打開車頭燈，帶著已完全冷靜下來的心開車回家。每當經過派出所前，他便故意放慢速度，喃喃自語：「警察先生，我殺了人，後座的坐墊下藏著美女的屍體。」並為此得意洋洋。

八

回到家中，將車子開進車庫後，柾木再次整理儀容，抬頭挺胸地走進玄關，大聲呼喚廚房裡的煮飯婆。

「不好意思，勞煩妳替我跑個腿。淺草的雷門不是有間叫鶴屋的洋酒店嗎？妳去那兒用這些錢替我買一瓶上等葡萄酒，什麼牌子的都行。來，錢在這裡。」

說著，他拿出兩張十圓鈔。煮飯婆知道他的酒量很差，一臉詫異地問：「哎呀，您要喝酒嗎？」柾木笑咪咪地解釋：「哎，也沒什麼，今晚很開心，助助興。」這麼做一來是為了利用煮飯婆往返雷門的時間，將芙蓉的屍首搬到土倉二樓，二來則是為了舉杯慶祝這場不可思議的婚禮。

趁著煮飯婆出門的三十分鐘，他不但把沒有靈魂的新娘子搬上土倉二樓，甚至還有多餘的時間拆除轎車坐墊下的機關，將車子恢復原狀。如此這般，最後的證據被他湮滅了。

事到如今，除非有人闖入土倉、目睹芙蓉的屍首，否則再也沒有人會懷疑到他的頭上。

不久後，半瘋癲的柾木和木下芙蓉的屍體在土倉二樓默然相對。燭台上唯一一根蠟燭的紅褐色燭光，照亮新娘子大剌剌横躺在地的冰冷裸體，與房間另一側的真人尺寸木雕菩薩像及蒼白的能劇面具，呈現出一種異樣又陰狠的酸甜對比。

一小時前，這個與世人一樣壞心眼但聰明慧黠的女紅星是那麼遙不可及，甚至令他畏懼，如今卻毫無抵抗地化為赤裸裸的屍骸，暴露在咫尺之前。一思及此，柾木便有種不可思議的感覺，宛若美夢突然成真。現在輕蔑對方、憐憫對方的反而是他了，莫說握手，就算戳她的臉頰、擁抱她、扔下她，她也無法像那一夜那樣取笑他、嘲弄他。這是多麼令人驚異的一件事！幼時的女神、這半年間令他瘋狂著迷的木下芙蓉，如今完全被他占有。

除了頸部多出藍黑色的勒痕、皮膚變得有些蒼白以外，屍體和生前沒有兩樣。睜得老大、宛若陶瓷的無神雙眼凝視著半空中，美麗的牙齒與舌尖從閉不攏的雙唇間探出來。她的嘴唇沒有血色，活像淺草花屋敷遊樂園裡栩栩如生的人偶，皮膚則蒼白光滑。仔細一看，上臂及雙腿之間長著寒毛，也看得見毛孔，但是整體看來依然晶瑩剔透。

非現實的燭光在全身各處製造出無數柔和的陰影，胸脯至肚子表面看起來猶如沙漠的沙丘照片，光與影形成壯觀的波浪，全身宛若夕陽照耀下的奇妙白色山脈。峨然矗立的連綿山嶺形成的神奇曲線，光滑幽深的山谷間神祕的陰影——柾木愛造在芙蓉肉體上的各個細部看見微妙之美與祕密。

人活著的時候，無論再怎麼靜止不動，總是難免有種動感，死者則完全沒有這種動感。這種些微的差距讓活人與死人產生了天壤之別，這一點令他感到害怕。芙蓉始終保持沉默，始終靜止不動。她大剌剌地展露邋遢的姿態，宛若被責罵的小女孩一般乖巧又惹人憐愛。

柾木牽起她的手，放在膝蓋上把玩，並出神地凝視她的臉。由於屍體尚未僵硬，她的手像水母一樣軟綿綿的，卻又非常沉重。皮膚仍維持著溫水的溫度。

「文子小姐，妳終於變成我的了。就算妳的魂魄在陰間諷刺我、嘲笑我，我也不在乎，因為我現在可以任意擺布妳的身體，而妳魂魄的聲音和表情我聽不到也看不見。」

即使柾木對她說話，死屍也只是像人偶般默不作聲。空洞的雙眼彷彿蒙上一層霧似地微微泛白，白眼球的角落有些不顯眼的灰點（柾木此時尚未發現這帶有什麼可怕的意義）。下巴整個掉下來，看起來像在打呵欠，有些可憐，於是柾木便用手將下巴往上推，但他一放開手，下巴便又恢復原狀，他花了好長一段時間才把嘴巴闔起來。闔上的嘴巴更加接近芙蓉生前的模樣，猶如厚實花瓣重疊的雙唇看起來惹人憐愛又討人喜歡。可愛的鼻翼微微張開，宛若正在使勁一般；鼻肉看起來晶瑩剔透，有種難以言喻的魅力。

「在這個遼闊的世界裡，我們是僅剩的兩個人，無人理會的異類。我是個見不得人的殺人囚手，而妳……對，妳是個死人。我們只能避著旁人的目光，躲在這座土倉的厚牆裡竊竊私語、彼此相望。妳覺得寂寞嗎？妳過的是光鮮亮麗的生活，這樣的日子對妳而言或許太過寂寞了。」

在他和屍首說話之際，很久很久以前的記憶突然復甦。在一個看似鄉下、老舊陰暗的八疊大客廳角落，有個內向柔弱的孩子用玩具積木在周圍砌了道密不透風的圍牆坐在裡頭，像個女孩一樣淚眼汪汪地抱著娃娃，和娃娃說話、用娃娃磨蹭臉頰。不消說，那正是柾木愛造六、七歲時的模樣。當時那個內向蒼白的小孩已經長大成人，不再坐在積木圍牆裡，而是關在土倉之中；他不再和娃娃說話，而是和芙蓉的屍骸說話。多麼不可思議的相似啊！一思及此，眼前的屍首突然令柾木萌生一股直教他寒毛倒豎的愛憐感覺。他抱起芙蓉的上半身，彷彿她就是從前的那個娃娃，用自己的臉頰抵著她冰冷的臉頰靜止不動。他的眼眶發熱，眼前一陣模糊，淚水撲簌簌地落下，流過熱臉頰與冷臉頰的貼縫，朝著下巴滑落。

九

隔天早上，當晚秋的晴朗藍天從北面小窗子的鐵欄杆彼端探出頭時，柾木愛造正頂著一張骯髒的黑臉和一雙萎靡的黃眼，倒在房間角落的菩薩立像腳邊。說來悲哀，芙蓉的水嫩屍骸已經僵硬了，躺在榻榻米上。然而，她看起來活像某種禁止觸碰的人偶，非但不醜陋，反而異常地光滑細緻。

此時，柾木殘酷地驅使疲憊至極的腦袋，陷入奇妙的沉思中。起先，他以為只要完全占有芙蓉一次，便達成他的殺人目的，接下來只須趁夜將屍首偷偷藏進庭院裡的古井即可。照理說他這樣就心滿意足了，然而，現在他知道自己大錯特錯。

他完全沒料到失去靈魂的情人屍骸，居然潛藏如此強大的吸引力。正因為是屍首，反而有一種生前的她所沒有的異樣脫俗魅力，那種感覺宛若在不知不覺間從嗆人的香氣之中沉入無底沼澤一般。這是一段惡夢般的戀情、地獄般的戀情，然而正因為如此，反而比世上的戀情更加強烈、甜美、瘋狂好幾倍。

他捨不得與芙蓉的屍骨別離。沒有她，他再也活不下去。他只想在土倉厚牆中的另一個世界裡與她的屍骸廝守，永遠沉浸於不可思議的戀情之中。除此之外，他別無所求。

「永遠……」

他漫不經心地想著，然而，當他聯想到「永遠」二字中某種令人發毛的含意時，嚇得猛然起身，在房裡來回踱步。事情刻不容緩，可是，即使他再怎麼著急、再怎麼慌張，他依然無能為力（神明八成也一樣）。

「蟲，蟲，蟲，蟲，蟲，蟲，蟲，蟲，蟲，蟲，蟲，蟲，蟲，蟲，蟲，蟲，蟲，蟲，蟲，蟲。」

無數的蟲子在他的白色腦袋皺褶間爬來爬去，啃蝕一切。這些微生物的咀嚼聲猶如耳鳴在他的腦中迴盪。

躊躇許久之後，他戰戰兢兢地趴在暴露於白色晨光下的情人身上，注視著她的身體。乍看之下，屍僵似乎比剛才更加擴散至全身，為屍首增添了幾分人工感，除此之外並沒有太大的變化。然而仔細一看，她的眼睛已然受損，白眼球的表面幾乎都被灰色斑點覆蓋，黑眼球也像是罹患目翳一般混濁不堪，虹膜模糊不清，整顆眼球就像玻璃珠那樣又滑又硬，完全失去水分，活像曬乾似的。他又牽起她的手觀看，只見拇指指尖猶如殘廢一般朝著掌心彎曲，一動也不動。

他的視線從胸口移至背部。由於臥姿不正，她肩膀上的肉皺在一塊，毛孔顯得異樣地大。為了替她調整姿勢，他微微抱起她的身子，而她的背部接觸榻榻米的部分便在此時映入柾木眼簾。見狀，他心下一驚，忍不住鬆開手。她的背部已經出現了有「屍體紋章」之稱的青灰色小斑點。

這些現象全是出於不知名的微小有機物的作用，連屍僵也是某種象徵腐敗前兆的詭異分解現象。柾木從前曾在書上看過，這種有機物分為三種，一種棲息於空氣中，一種沒有空氣也能存活，還有一種是兩棲的。那究竟是什麼東西、從何而來，他並不清楚。總之，這種眼睛看不見的黴菌般生物，正以可怕的速度分分秒秒地啃蝕著屍體。正因為對手是看不見又不知來頭的蟲子，反而比任何猛獸更加可怕。

柾木產生一股恐懼與焦慮，像是眼前有燒焦痕跡逐漸擴大，卻看不見火焰一般無能為力的感覺。他感到坐立不安。

他漫無目的地爬下梯子前往主屋，煮飯婆面露詫異之色詢問：「您要用飯嗎？」他只說了「不用」便折回土倉前。接著，他從外側上鎖，跑向玄關，穿上木屐，打開車庫，準備開車。熱完引擎之後，他跳上駕駛座，把車子開出門外，駛向吾妻橋方向。來到熱鬧的大馬路上，他察覺路邊玩耍的小孩們正指著開車的自己竊笑。他心頭一驚、臉色發青，下一瞬間發現自己穿著和式睡衣開車，這才鬆了一口氣。即使在這種節骨眼，他依然未改怕羞的習性，面紅耳赤、手忙腳亂地掉頭離去。

他匆匆忙忙換上西服後再度出門，但此時的他完全不知道該往何方。他的腦袋不斷運轉：真空、玻璃箱、冰、製冰廠、鹽漬、防腐劑、木餾油、石炭酸……屍體防腐的各種相關物品浮上意識表層，又沉入底層。他漫無目的地從這條街駛向另一條街，雖然車速很快，卻一直在同樣的地方打轉。某條街有間掛著「冰」字旗的店，他下了車大步走進店內，店裡有個上了青色油漆的大冰窖。

「有人在嗎？」

柾木呼喚後，年約四十的老闆娘從裡間走出來，目不轉睛地打量他。

「我要買冰。」

老闆娘一臉不耐煩地詢問：「要多少？」

想當然耳，她以為是要給病人用的冰。

「只是要用來替頭部降溫的，不用很多，給我一點就好。」

內向的蟲子中途攔截他的話語，翻譯成截然不同的語句。

他帶著用繩子捆起的小號冰塊坐上車子，又開始漫無目的地行駛。當冰塊在駕駛座底部融化，把他的鞋底弄得濕答答時，他正好經過一間大酒館前方，發現店裡有個約三尺見方的掀蓋箱，箱裡堆滿鹽，便再度下車走向店門。不過說來不可思議，他沒有在這裡買鹽，而是買了杯酒咕嚕咕嚕地灌下肚，彷彿這就是他停車的目的。

他不明白自己究竟是為了什麼目的而駕著車子東奔西走，只是懷著被追趕的心情，從這條街匆匆忙忙駛向另一條街。喝不慣的酒使得他臉頰發燙，明明是涼意襲人的氣候，額頭上卻冒出許許多多汗珠。即使如此，在他的腦海中，芙蓉的屍體依然鮮明地躺在宅院所在的方位。幻影中的白皙裸體上，如同焦痕擴散一般，逐漸受到啃蝕。

「不能再拖了！不能再拖了！」

他耳邊傳來這道喋喋不休的輕喃聲。

毫無意義地行駛兩個多小時後，汽油終於耗盡，車子再也發不動。非但如此，當時他正好位於沒有加油站的街道，必須下車尋找加油站，提水桶裝汽油，多費了不少功夫。待車子好不容易發動，他大夢初醒般自問：「咦？我剛才在做什麼？」思考片刻之後，他才想起來：「啊，對了，我沒吃早飯，阿婆一定在等我，得快點回去。」他向停在路邊看著他的小和尚問路，開車回家。花了三十分鐘，好不容易來到吾妻橋。此時，他又開始對自己所做的事感到疑惑。他早已將「吃飯」一事拋諸腦後，放慢車速，迷迷糊糊地思考著。不過，這回他有如獲得天啟一般，想到一個很棒的主意。

「呿，我剛才怎麼沒發現呢？」他忿忿不平地輕喃，將車子掉頭，表情豁然開朗。他的目的地是本鄉的大學醫院旁邊的某間醫療用品店。

上了白漆的鐵架，閃閃發亮的銀色用具，紅藍交雜、顏色刺目的無皮人體模型……在被駭人物品淹沒的寬敞店面前，他躊躇好一陣子之後，才像影子一樣搖搖晃晃地走進店裡，攔住一名年輕店員，開門見山地說道：

「我要買幫浦，就是替屍體防腐的時候，用來把防腐液注入動脈的那種輸液幫浦。我要買一個。」

柾木自以為說得相當清楚，店員卻「咦？」了一聲，一臉詫異地打量他。柾木羞紅臉，又重新說一次。

「我沒聽說過這種幫浦。」

店員俯視著一副落魄司機模樣的柾木，冷淡地回答。

「一定有，這是大學裡會用的器材，請你問問其他人。」

他懷著不惜決鬥的心情瞪著店員，店員不情不願地走進裡間，過了片刻，一個稍微年長的男人走出來，聽他再次說明要買什麼之後，露出狐疑的表情。

「您是要用來做什麼的？」

男人反問。

「當然是用來替屍體注射福馬林。店裡有吧？你瞞不了我的。」

「您是在說笑吧？」店長露出哭笑不得的笑容。「這種輸液幫浦有是有，可是連大學也是偶爾才會訂購，店裡沒有現貨。」

店長一字一句、仔仔細細地回答，彷彿在跟小孩說話。接著，他一臉同情地望著柾木凌亂的服裝。

「那給我代用品。你們應該有賣大型的針筒吧？給我最大的那一種。」

柾木所說的話並未傳入自己耳中，彷彿只是在喉嚨裡轟隆作響。

「那倒是有。不過，這樣怪怪的，沒關係嗎？」

店長抓了抓腦袋，有些遲疑。

「沒關係。廢話少說，快拿給我。多少錢？」

柾木抖著手打開錢包。無可奈何之下，店長叫年輕的店員把東西拿過來。

「請小心拿好。」

說著，他把東西遞給柾木。

柾木付完錢，衝出那家店，接著又把車開到附近的藥局購買大量防腐液之後，才匆匆忙忙踏上歸途。

十

該不會已經惡化到讓人忍不住尖叫逃走的地步了吧？柾木屏住呼吸爬上樓梯，但說來意外，芙蓉的模樣反而變得比早上看見她時更加美麗。用手一摸，可知她處於僵硬狀態。外表看來，略微浮腫的蒼白肉體顯得晶瑩剔透，宛若住在海底的某種美麗的冷血動物。早上的她眉頭緊皺，整張臉呈現苦悶的表情，現在的她卻和聖母一樣聖潔，闔上的嘴角微微上揚，露出皓白的牙齒微笑著。她的眼神空洞，臉色和蠟一樣透亮，看來如同以大理石雕刻而成，面露微笑、雙目生翳的聖母像。

柾木放下心中的大石頭，剛才的焦躁顯得愚蠢不堪。

「要是芙蓉能夠永遠維持這一剎那的容貌……」

明知這是無法實現的願望，他卻無法捨棄這個虛幻的心願。

他沒有醫學上的知識與技術，但曾在書上看過從動脈注射防腐劑、排出全身壞血的做法，這是最新且最為簡便的屍體防腐法。他也記得防腐液的稀釋法。因此，雖然他極為不安，但還是決定一試。為了避免被煮飯婆發現，他小心翼翼地從樓下提桶水並拿個臉盆上來，製作福馬林溶液，做好注射的準備。

他在芙蓉的身體下鋪了張大油紙，一面查閱醫學書籍，一面用剃刀深深地刺入她胯下，切斷大動脈。在一片血海之中，動脈活像滑溜溜的鮮紅色鰻魚，抓也抓不住。

柾木宛若自己正在接受手術一般，臉色發青、氣喘吁吁地把防腐液灌入沒有針頭的針筒中，將前端的尖銳部分插入動脈切口，並用手指壓住縫隙，以免空氣跑出來，再用另一隻手按下幫浦。然而，這樣的工作不是他這種外行人做得來的。他的手指漸漸發麻、不聽使喚，任憑他再怎麼按，幫浦中的溶液絲毫未減。他一時焦急，使出蠻力按壓，誰知溶液居然倒流，鮮紅色的液體潑灑滿地，無論試幾次都一樣。他像個拆裝機械的小學生一樣埋頭苦幹，一下子用線綁住血管，一下子切斷粗大的靜脈，或是故技重施，試盡各種手段，把自己弄得滿頭大汗。然而，就如同拆裝機械的小學生往往落得徒勞無功，反而把機械弄得亂七八糟一般，他的一番努力也只是把傷口變得更大。最後，他終於放棄門外漢手術，而當時已經是晚上十點。這是多麼驚人的努力，他從下午開始，幾乎花了整整十個小時專注於這件事上頭。

接著，在他清理血跡、收拾器材、用水桶裡的水洗手時，睡魔在他失望之際乘虛而入。昨晚他一夜沒睡，這兩天身心又過度操勞，縱使一直處於興奮狀態，氣力終究還是耗盡了。

他昏昏沉沉地倒下來，突然間鼾聲大作，睡得不省人事。

幾乎燃燒殆盡的蠟燭發出滋滋聲，在火紅燭光的照耀下，柾木那面如死灰、鼻頭冒汗、張嘴沉睡的可憐模樣，與身旁芙蓉屍骸的白皙冶豔，形成奇妙的地獄對照圖。

十一

隔天柾木醒來已是中午過後。當他沉睡時，懷著「不能再拖了、不能再拖了」的心情，苦悶掙扎一整夜。然而，當他醒來之後，反倒變得迷迷糊糊的，彷彿昨天之前發生的事全都是場惡夢，即使目睹橫躺在眼前的芙蓉屍首、聞到充斥房裡的藥品味和嗆人的酸甜屍臭味，仍然認為自己還在夢中，尚未真正清醒。

不過，無論再怎麼等待，他依然沒有從夢中醒來。即使這真的是夢中發生的事，他也不能繼續放任不理。於是他爬過去，用略微清醒的眼睛檢查情人的屍體，察覺到某個變化之後，柾木一陣愕然，意識也倏地鮮明起來。

經過一晚，芙蓉彷彿翻了個身，姿勢有極大的變化。昨晚的她雖是屍首，但還留有些許彈力，不像是沒有生命的東西。可是，現在她卻軟綿綿的，身心渙散，活像一灘勉強維持固態的沉重液體。一摸之下，發現她的肉和豆腐一樣軟，柾木這才知道屍僵已然解除。比起這件事，更讓他驚訝的是芙蓉全身出現大量屍斑。呈現不規則圓形的鉛色紋樣，活像奇異的花紋一般覆蓋她全身。

數以億計的細小蟲子在不知不覺間增加，在不知不覺間移動，宛若時鐘指針一般精確地拓展牠們的領土。和牠們細小的體積相較之下，這股侵蝕力著實快得驚人。非但如此，人類面對牠們的暴行只能袖手旁觀，完全無計可施。

可憐的柾木愛造一度放棄埋葬情人的機會，因此得知屍體的魅力更勝活人數倍，陷入地獄之戀，而眼睜睜地看著深愛的情人被令人戰慄的微生物逐漸啃蝕，便是他付出的代價。他很想為情人搏命死戰，然而，雖然可以清楚看見牠們展開的可怕工程，他卻沒有對手可戰，因為他看不見對手。

他懷著趕鴨子上架的心態，考慮再次嘗試昨天失敗的防腐法，但是不用考慮也知道是白費功夫。注射防腐液超出他的能力範圍，但若要用冰或鹽防腐，一來材料難以搬運，二來他不喜歡那種和情人隔離的感覺，所以也不可行。再說，無論採用任何方法，充其量只能稍微延緩屍體的分解，終究無法完全阻止，這一點他再清楚不過。在他慌亂的腦袋中，浮現巨大真空玻璃瓶或屍體冰雕等荒唐無稽的幻影，又隨即消失。他甚至妄想著自己身在製冰廠的陰暗冷藏室中，被技師嘲笑的畫面。

然而，他實在死不了心。

「啊，有了，替屍首化妝吧！至少把表面全部塗滿，這樣就看不出那些可怕的蟲子正在擴散。」

左思右想之下，他想到這個辦法。這是個苟延殘喘的辦法，但是為了多加享受這段不可思議的戀情，即使只能拖延一分一秒，他也必須嘗試。

他立刻上街購買白色顏料和刷子，用另一個臉盆稀釋顏料後，像人偶師替人偶上色那樣粉刷芙蓉全身。等到駭人的屍斑再也看不見之後，他改用普通顏料，猶如替演員化妝一般，在她眼睛底下微微刷上粉紅色，替她畫眉毛、塗口紅、染耳垂，並在四肢和軀幹各處隨心所欲地彩繪上色。這個工作花了他大半天的時間。起先，他的目的只是隱藏屍斑和陰沉的膚色，但畫著畫著，他對於粉飾屍體這件事產生異常的興趣。他化為不可思議的畫家，邊在屍體畫布上描繪妖豔的裸體畫，邊說著綿綿情話，興頭來了甚至會親吻冰冷的畫布，全神貫注在作畫之中。

說來奇妙，上色的屍體與他從前在S劇場看見的莎樂美舞台妝極為相似。雖然脂粉未施的芙蓉也很美，但是濃妝豔抹的芙蓉更像生前的她，具有一股難以言喻的魅力。原以為芙蓉的屍骸已經受到侵蝕，再也無法復原，沒想到居然還留有這等生氣，甚至擁有更勝於生前的惱人魅力，實在是種意料之外的幸運。

接下來的三日間，屍體沒有太大變化，因此每天除了下樓吃三餐以外，柾木都關在土倉裡，把握來日無多的最後之戀，與沒有明天的情人屍骸相對，發狂似地大哭大笑。對他而言，這就等於是世界末日。

在這段期間內，只有發生一件稍微異於平時的事。某天下午，正當疲憊不堪的柾木在彩繪屍體旁呼呼大睡時，煮飯婆在土倉入口拉動代替門鈴用的拉板吵醒他。拉板只有在客人上門時才會使用，因此他心下一驚，以為自己的罪行曝光，連忙一躍而起，用棉被蓋住芙蓉的屍體，悄悄爬下樓梯，在門口豎耳傾聽了好一會兒之後，才下定決心打開厚重的門板。只見煮飯婆站在門外通報：「老爺，池內先生來訪。」得知是池內來訪，他鬆了一口氣，但下一瞬間又暗自尋思：「啊，那小子終於懷疑到我頭上，來打探情況了。」

「妳跟他說我在家了嗎？」

柾木詢問，煮飯婆以為自己做錯事，戰戰兢兢地回答：「對，我說了。」

聞言，柾木把心一橫下令：「沒關係，跟他說妳找不到我，大概是在妳沒注意的時候出門了。還有，這陣子不管誰來，都說我不在。」接著，他便關上門。

然而，隨著時間經過，柾木逐漸後悔起自己沒見池內的決定。倘若他鼓起勇氣和池內見面，結果一翻兩瞪眼，或許他的心反而能夠鎮定下來。然而他選擇逃避，無從得知池內的心思，因此心中永遠留有不安。

在安靜的土倉二樓，對著一聲不吭的屍首沉思，不安像妖怪一樣越變越大，令人動彈不得的恐懼襲向柾木。為了抵銷這股恐懼，他像個長期遊蕩在外的浪子一般，抱著自暴自棄的心情瘋狂地愛撫濃妝豔抹的彩繪屍體。

十二

風平浪靜的日子持續了三天，之後等著的是可怕的破滅。在這段期間，屍體並沒有太大變化。多虧了不可思議的化妝，芙蓉的肉體呈現前所未見的妖豔狀態。這就和燭火熄滅前會在一瞬間大放光彩是一樣的道理。可恨的蟲子表面上裝作若無其事，實際上卻在屍體內部嘛起幾億個極小的嘴，將五臟六腑啃蝕殆盡。

某天，睡了許久才醒來的柾木發現芙蓉的屍體起了非常大的變化，嚇得險些叫出聲。躺在眼前的已經不再是昨天以前的那個美麗情人，而是猶如女摔角手的白色巨人。她的身體膨脹得和皮球一樣，化妝用的白色顏料如同相馬燒一般，產生無數龜裂痕跡，褐色皮膚從裂縫之間噁心地外露，臉龐像個巨大的嬰兒一般無邪地浮腫。柾木曾在書上看過這種屍體膨脹現象。肉眼看不見的細小有機物成群結隊地貫穿並破壞腸腺，侵入血管與腹膜，產生氣體，分泌令組織液態化的酵素。這種氣體的膨脹力極為驚人，不只把屍體的外貌變成巨人，還能將橫膈膜推到第三肋骨一帶，同時把體內深處的血液推擠至皮膚表面，引發死後循環的神奇現象。吸血鬼傳說即是由此而來。

最後一刻終於到來。屍體極度膨脹之後，緊接著就是分解。皮膚和肌肉都會化為液體，汩汩流出。柾木就像個受驚嚇的幼兒，用淚汪汪的大眼環顧四周，皺起臉龐，彷彿隨時要嚎啕大哭。他帶著這樣的表情靜止不動了許久。

過一陣子，他突然想起某件事，倏地起身，快步走向書架，找出一本老舊的書，書背上寫著「木乃伊」。明知到了這個節骨眼，這本書根本派不上用場，但是因為搏命換來的情人分分秒秒地受到啃蝕而焦慮發狂的他，依然全神貫注地翻閱書籍，終於找到下述一節。

最為昂貴的木乃伊製法如左所示。首先，深深切斷左側肋骨下方，從傷口挖出所有內臟，僅留心臟與腎臟。接著，從鼻口插入彎曲的鐵製工具，將腦髓盡數取出，並用棕櫚酒洗淨清空的頭蓋與身體，從鼻口注入沒藥等藥劑至頭蓋骨中，並在腹腔裡塞入葡萄乾及其他物品，接著縫合傷口。之後將身體浸泡於蘇打水中七十日後，取出身體，並以橡膠接合的麻布加以綿密包裹。

他反覆閱讀同樣的段落好幾次，不久後，便把書扔到一邊，猛捶自己的後腦杓，像個犯健忘症的人一樣頂著空洞的眼神喃喃自語：「是什麼？是什麼？」接著，也不知道想到什麼，只見他突然衝下樓梯，宛若有什麼十萬火急的要事一般，匆匆忙忙地走出玄關。

出了大門，他快步走過隅田川河堤。河川的濁水看起來猶如無數的蟲子疊合蠢動的巨流，前方的大地彷彿被匍匐爬行的微生物覆蓋，連個踏腳處也沒有。

「怎麼辦？怎麼辦？」

他走著，一再出聲抒發心底的苦悶。有一次，他險些放聲大叫「救救我」，費了好大一番力氣才把這句話壓在喉嚨。

他完全不知道自己走了多少路，大約三十分鐘之後，由於他只顧著想心事，沒注意腳下，腳趾絆到小石子而跌個狗吃屎。他不覺得痛，但此時他的心境產生奇妙的變化。他沒有站起來，而是更加壓低身子在地上爬行，對每個人恭恭敬敬地行禮。

一個怪人在馬路中間向人頻頻行禮，隨即招來圍觀的民眾，也吸引路過警察的注意。那是個親切的警察，或許以為柾木是瘋子，不但扶他起身，還詢問他的住址，專程送他回到吾妻橋附近。與警察同行的時候，柾木開始胡言亂語。

「警察先生，你知道最近發生了一件殘酷的殺人案嗎？要說哪裡殘酷，就是被殺的是個像天使一樣清純無辜的女人，但殺了她的男人也是個憨厚的好人。很奇怪吧？我知道那個女人的屍體在哪裡，要我告訴你嗎？要我告訴你嗎？」

然而，無論他如何重複這番話，警察只是笑著聽他說，完全不當一回事。

幾天後，由於柾木已經整整兩天沒有下樓吃飯，擔心他的煮飯婆通知房東，而房東報了警，封閉的土倉大門便被警察破壞。幽暗的倉庫二樓充斥著嗆人的屍臭，大量的蛆蟲之間躺著兩具屍體，其中一人很快被證實是主角柾木愛造，至於另外一人，他們則花了很長一段時間才確定是行蹤不明的女紅星木下芙蓉的殘骸。因為她的屍體幾乎全都腐爛，而且腹部嚴重損傷，潰爛的內臟醜陋地外露。

柾木愛造趴在芙蓉外露的腸子裡死去。說來可怕，他醜陋扭曲的指頭仍然陰魂不散地插在情人側腹的腐肉裡。

盲獸

歌舞團的女王

十年前，淺草歌劇的全盛時代，水木蘭子以少女歌手的身分成名；如今她再度走紅於歌舞團全盛期的淺草——素有淺草歌舞界第一之稱的帝都劇場，被譽為歌舞界的女王。

水木蘭子今天格外早起，在上午十點搭車來到上野公園的美術館。伴她同行的是內弟子（註9）澤君子。君子是全劇場第一美女，當年十六歲，嫉妒她的人都說她是水木老師的同性戀人。順道一提，老師蘭子已年過三十，就各種意義而言都是正值燦爛的成熟花朵。

美術館正在舉辦秋季展覽。歌舞團舞孃觀賞美術展覽，聽起來似乎稍嫌文靜。蘭子忍著睡意，在對她而言算是早起的上午十點來到這裡，其實是有理由的。蘭子的目的並非觀賞展覽，而是為了看以她的性感肉體為模特兒製作的雕像「歌舞團舞孃」。她是為了盡情欣賞自己刻在大理石上的肉體美，才特地冒雨前來。

雕刻家里見雲山透過關係邀請蘭子擔任出展作品的模特兒時，蘭子認為是宣傳的大好機會，便欣然允諾。當時正好表演合約到期，半個月多間，她幾乎天天向雲山的工作室報到。

想當然耳，當大理石像完成時，她便已經受作者邀請，觀賞過自己美得令人望而出神的石像。但是這樣還不足夠，她非得在美輪美奐的展覽會場中，盡情欣賞自己的肉體魅力才能滿意。

「老師，這下子可以慢慢欣賞啦！裡頭冷冷清清的。」

君子剛踏進會場一步，便轉頭望向師父，略帶不滿地說道。

「這是因為天氣不好。我就是想圖個清靜，才故意挑這種日子來看。」

蘭子完全沒瞧一眼途中經過的西洋畫與日本畫，直接趕往雕刻陳列室。

場內因為窗外的細雨而一片幽暗，看守的女孩們也顯得寒冷落寞。每個區塊大約只有一、兩個入場民眾，他們像是不願打破場內的寂靜一般，連走路也都盡量放輕腳步。

場內中央的雕刻大陳列室更是冷清寂寥，林立的無言雕像給人一種誤闖異國廢墟的異樣森嚴感。

男人的裸體雕像全都肌肉結實、青筋暴現，宛若猛獸般佇立著。

註9／住在師父家中，一面幫傭一面學習技藝的弟子。

女人的裸體雕像有的縮腿做嬌羞之態，有的如弓一般後仰露出各個私密部位，有的慵懶躺臥。各種肉體之美齊聚一堂，煞是壯觀。

參觀者稀稀落落，像妖怪一樣藏在雕像背後，時隱時現，四周靜得嚇人。

「老師，等等。哎呀，好噁心，妳瞧。」

君子突然拉扯老師的洋裝裙子，以強烈的口吻輕聲說道。

她的視線指向蘭子的大理石像。幾乎與真人同樣大小的純白蘭子一絲不掛，身子壓得極低，維持著某個舞蹈姿勢，大膽卻美得難以言喻，令人眼睛為之一亮，忍不住停下腳步。這座雕像獲得了特選獎。

仔細一看，有個人爬上雕像底座專注地觀賞。

不，用「觀賞」二字形容並不正確，因為他根本沒在看，而是像寵愛貓狗般，張開雙手撫摸光滑的大理石皮膚。

「哎呀，那個人在做什麼？」

見狀，就連蘭子也忍不住面紅耳赤，呆立於原地。

「一定是老師的崇拜者。可是，那樣摸來摸去的，好噁心喔！」

君子宛若被摸的是自己一般，大為作嘔。

想當然耳，那個人是男人，看起來約莫三十四、五歲，已經是明白事理的年紀。他穿著黑色的冬季外套，深深地戴著黑色狩獵帽藏住眉毛，臉上掛著大大的藍色眼鏡，外套之下隱約可見上等的大島綢。那是一位紳士，就算他深信沒人看見，也不該做出這樣的舉動來啊？

蘭子二人躲在另一座雕像底座的背後，觀察這個男人的行為，過了片刻才知道他並非正常人。

這位紳士是個盲人。他垂頭看著自己懷中的姿態，和微微歪頭、只有雙手活像可怕觸角般頻頻撫摸雕像的模樣，怎麼看都是個盲人。

「那個人是瞎子啦！」

「是啊。」

原來如此，既然是盲人，當然只能透過撫摸的方式來觀賞。話說回來，瞎子來看美術展覽，似乎不太合理；倘若只是單純觀賞，這種摸法也未免太過執拗。莫非如君子所言，這個不自量力的盲人也是憧憬蘭子名氣的崇拜者？

只有觸覺的人撫摸情人裸體雕像的模樣，有種令人發毛的震撼力。五根手指猶如蜘蛛腳一般陰森森地在大理石皮膚上爬動。眼睛、鼻子、嘴巴——男人花了很長一段時間品味花瓣般的嘴唇，接著掌心在雕像的胸口、肚子、大腿之間游移，撫遍全身。

被撫摸的是蘭子的雕像。無論是肉體上再怎麼微小的凹凸起伏，全都照實雕刻出來的雕像。看著看著，蘭子陷入了不可思議的錯覺。大理石像與她自己的肉體交纏重疊，男人的陰森掌心彷彿是直接撫摸她的肉體。那是種難以形容的觸感，活像蟲子在全身上下爬動，她忍不住用雙手摀住胸口彎下身子。男人的掌心正好在石像的乳房一帶游移，而她乳房的敏銳神經直接感受到了這股觸感。

發癢的感覺逐漸轉變為燒灼的痛楚，侵襲身體各個部位，發青的臉上冒出冷汗。饒是年過三十的她，也不禁露出泫然欲泣的痛苦表情。

她撇過臉不去看，但是不快的想像反而更加泉湧而出。

「老師，跟這裡的警衛說吧！他實在太過分了，不能放著不管。」

君子憤慨地說道，蘭子也忍無可忍。

「好，就這麼辦。世上居然有這麼噁心的人。」

兩人悄悄走出陳列室，找到走廊上身穿制服的男子。

「哦？有這回事？實在太沒規矩了。請稍等，我立刻去把他趕走。」

男人知道蘭子是誰，也認得她的長相，因此特意示好，立刻奔向雕刻室。不久，他折回轉角處。

「那裡已經沒有人了。話說回來，居然有這麼荒唐的人。說不定他還在附近徘徊，能不能請妳們幫忙找找看？」他低聲說道。

於是，君子在師父的命令下，戰戰兢兢地前往一探。只見寬敞的雕刻展示室裡有兩、三個參觀者，但是剛才的盲人已經不見蹤影。

「哎呀，那傢伙動作真快，不知不覺間就逃跑了。」

君子傻眼地叫道。

出口方向的走廊視野開闊，從這一頭可以看見另外一頭，而走廊上也是空無人影。詢問參觀者，似乎沒有人注意到這樣的盲人，因此未能獲得明確的答案。

蘭子二人已無心觀賞雕刻，氣憤地離開會場。

外頭依然滴滴答答地下著陰鬱的秋季細雨。

「真奇怪，那傢伙未免逃得太快。難道我們是看到幻影？」

君子一臉害怕地說。

「哎呀，妳別嚇我。」

蘭子忍不住發毛，臉色大變。

回到淺草小屋工作的那一整天，如盲蛇般陰魂不散的男人愛撫，依然殘留在皮膚上揮之不去，蘭子想忘也忘不了。

「啊，居然看到那麼噁心的畫面，真不該去美術館的。」

她總覺得那像是某種可怕的前兆，一直耿耿於懷。

蠢動的觸手

這是事發三天後的某個夜晚，在水木蘭子家中發生的事。

她習慣在結束表演回家以後，請附近的按摩師來替她按摩，消除一天的疲勞。

那天晚上，她一如往常，穿著睡衣坐在寢室的被褥上等候。只見女傭牽著按摩師的手走了進來。

在後台休息室入浴後的熱氣尚未完全消散的蘭子委身於按摩之中，但她發現對方的按摩手法並不怎麼高明。

「按摩師，你是頭一次替人按摩吧？剛來店裡上班？」蘭子詢問。

年約三十的男按摩師明明技術拙劣不堪，卻一本正經地清了清喉嚨。

「對，兩、三天前剛來的。正好今晚平時來這裡按摩的人出去工作了。由別人代班，您大概很不滿意吧？」

按摩師語帶諷刺地回答。

「這邊再用點力。」

蘭子心生不悅，一面晃動肩膀一面說道。

「嘿嘿嘿嘿，是這裡嗎？」

按摩師發出奇怪的笑聲，加了點勁道，但隨即又變回原來的拙劣按摩方式。他的動作與其說是按摩，倒不如說是撫摸比較貼切，甚至像是隔著長襯衣在享受蘭子豐腴肌膚的觸感。

「在舞台上表演了一整天，您一定很累吧？」

按摩師一面撫摸蘭子的肩膀一面說道。

「你知道我是做什麼的？」

無可奈何之下，蘭子答了腔。

「當然知道，您在這附近很有名，大家都說您是全日本歌舞界最頂尖的女星。只可惜我眼盲，雖然有幸替這樣的名人按摩，卻完全看不見您美麗的臉龐。這說來也是瞎子的可悲之處啊。」

真噁心的傢伙，蘭子恨不得對他說：「不用按摩了，請回吧！」但對方是按摩師，難保他不會去其他地方嚼舌根。這就是賣形象維生的可悲之處，她不能把話說得太絕。

可恨的按摩師得意忘形，繼續說道：

「不過，能和知名女星說話、撫摸她的肌膚，仔細想想，按摩這個行業也不壞。崇拜您舞台上模樣的年輕人聽了，一定很羨慕。那些人甚至抱著喜歡的女星明信片睡覺呢！」

按摩師一面變本加厲地說道，一面搔癢般地搓揉蘭子的腋下後側，接著又移向手臂。他用左手握住蘭子的手，右手從蘭子的肩膀一路往下按摩至手腕。

按摩師的黏膩掌心和蘭子的掌心緊緊相貼，每當他按摩某個部位，握住掌心的手指便會使力。啊，真噁心。

手臂的按摩結束之後，按摩師的手又回到肩膀上，這回是一路摸到胸口。他的指尖不著痕跡地輕觸蘭子的乳房。

「那邊不用了。」

「哦，是嗎？嘿嘿嘿嘿嘿嘿。」

按摩師發出令人不快的笑聲縮回手，但是不知不覺間，指尖又像蜘蛛腳一樣爬向蘭子的胸口。

這種可怕的觸感讓蘭子想起前幾天在美術館發生的事。當時被撫摸的若不是大理石雕像，而是自己的身體，應該就是這種感覺吧。一思及此，不知是不是多心，蘭子總覺得這個按摩師掌心游移的方式和當時那個男人一模一樣。

美術館裡的那個男人深深戴著狩獵帽，臉上又掛著大大的有色眼鏡，因此看不見他的相貌。一想到當時那個男人，或許也和這個按摩師一樣，露出如此下流的表情，蘭子便感到一陣寒意，再也忍不下去。

「按摩師，不好意思，今天就到這裡為止吧！我累了，很想睡。」

平時她總是躺在被褥上，放任按摩師按摩她的腰，毫不顧忌地入睡，但是今晚她無意這麼做。不，其實她根本不想睡，只是為了早一刻擺脫這個按摩師的駭人觸手，才拿睡意當藉口罷了。

按摩師戀戀不捨地停止按摩，道謝之後回去了。他的「謝謝」聽來宛若在感謝蘭子讓他有機會替如此美麗的女星按摩。在他回去之後，蘭子全身上下那股發癢般的不快感，依然久久不散。

當晚沒有再發生任何事。隔天晚上，熟識的年輕按摩師在平時的時刻登門。

「昨晚你沒來，害我傷透腦筋。」

聽蘭子如此埋怨，年輕按摩師一臉訝異地說道：

「不是您叫我不用來的嗎？」

「我什麼時候叫你不用來？是你去別處工作，才換別人代替你來的啊！」

「代替我來？哦？這可怪了。昨天我本來想過來的，可是剛出門就有個男人攔住我，說他是您這裡的人，來通知我老師今晚晚歸，我不用去按摩了，所以我才去別處的。」

事情似乎不太對勁。

「男人？我們這裡沒有男人啊！他真的說是我們家的人？」

「對，他確實說他叫水木。聽聲音，應該是三十五、六歲的男人。」

聞言，蘭子愣了一愣。

「他的聲音是不是很沙啞，聽起來像說唱師？」

「對對對，就是那種聲音，說起話來拖泥帶水的。」

蘭子臉色發青，聲音顫抖地急切問道：

「那麼，你們店裡有這兩、三天剛來上班，年約三十五、六歲的新按摩師嗎？」

「沒有這樣的人。大概從一年前開始，店裡除了老師以外，就只有我們三個弟子。」

果不其然，昨晚那傢伙是冒牌貨。他先辭退真正的按摩師，再假扮成同一家店的按摩師找上門來。

不過，那傢伙使出這樣的詭計，大費周章地來替蘭子按摩，究竟是為了什麼？難道只是為了和有名的歌舞團舞孃交談，以及撫摸她的肌膚嗎？

難怪那傢伙對蘭子的身體上下其手。莫非他就是前一陣子在美術館裡愛撫蘭子雕像的那個可怕男人？他光是間接地享受大理石肌膚觸感仍不滿足，便仗著自己是盲人，偽裝成按摩師，大膽地上門竊占蘭子的觸感？

「肯定是，肯定是這樣。」

按摩結束、上床就寢之後，蘭子依然滿腦子都是這件事。

多麼執著的盲人之戀啊！饒是情場老手的蘭子，也是頭一次遇上如此詭異的經驗。

倘若這件事就此結束，頂多是留下瞎子使用奇妙方法偷摸她肌膚的軼聞罷了，只可惜這個詭異盲人的執著絕非如此簡單。

執著的花束

又過了幾天，某一日，蘭子正要登台，以半裸的驚人裝扮在梳妝台前進行最後的化妝時，時常出入淺草娛樂界的花店年輕人捧著極為氣派的花束走進來。

「蘭子小姐，您的支持者送您的。」

年輕人嘻嘻笑道，把花束放在後台休息室的入口。

「哇，好漂亮的花束。是哪位送的？」

蘭子一看就發出驚喜的叫聲，詢問是誰送的。花束直接送到女星休息室的情形極為罕見，再說，蘭子從前根本沒收過如此氣派的禮物。

「蘭子小姐應該知道是誰送的吧？我只負責接單收錢，轉達是支持者送的，不知道對方的名字。」

年輕人故意裝蒜。

「怪了，你真的不知道名字？」

「您不知道是誰送的嗎？怎麼會呢？」年輕人露出詫異之色。「不過，把花送到以後就沒我的事了，之後請您自便啦。」

年輕人留下這句話後，立刻回去了。

蘭子摸索著花束，查看有無附上名片，但什麼也沒找到。就在她磨蹭之間，向來倉促的淺草舞台響起開幕鈴聲，蘭子只能把充滿疑惑的禮物留在休息室裡，奔上舞台。

在舞台上打滾十年，即使沒有舞蹈素養，要編一幕的舞也不成問題。接下來要表演的這一幕是整個曲目的主打，由蘭子規劃的歌舞獨秀。

蘭子走到舞台中央，露出笑容可掬的舞台面孔，舉起手來打了個暗號。

只見布幕迅速捲起，人群的熱氣席捲而來，鋼琴伴奏聲轟然作響。

「水木～～」

「蘭～～子！」

「蘭！蘭！蘭！蘭！蘭！」

不良少年及身穿短褂的男人們粗濁的嗓音隨即響起。

這些聲音對蘭子起了甜酒般的作用。她俯視著腳下的普羅大眾，得意洋洋地踏出舞蹈的第一步。

蘭子身穿勉強蓋住臀部的薄絹舞衣。手腳暴露的原始舞蹈起源於夏威夷一帶，之後風靡全世界，是種單調夢幻的太古音樂、野蠻部落的盆舞。將這種舞蹈日本化、蘭子化之後，異樣的舞蹈就此展開。

她邊跳舞邊唱著餘音嫋嫋的南國哀歌，唱著悲傷、自棄卻又撩撥人心的椰子葉下的情歌，宛若可愛的約瑟芬．貝克(註10)扭著臀在巴黎的音樂廳中歌唱。

年輕的觀眾陷入泫然欲泣的甜美陶醉中，就連行止不端的不良少年也安分下來，著迷地看著歌舞界女王的舉手投足。

耀眼的腳燈燈光之中，閃閃發光、隱藏在人造絲之下的大腿宛若桃紅色的巨蛇，在目瞪口呆地把下巴擱在舞台前端仰望她的勇敢觀眾頭上扭動。

蘭子一面用力踢腿，又或是巧妙地扭動腰部，一面用令人心癢難耐的媚眼頻頻窺探觀眾席。這是為了確認觀眾有多麼陶醉於她的表演之中。

註10／Josephine Baker(1906-1975)，生於美國的黑人歌手、舞蹈家，以其性感大膽的舞蹈和柔美的歌聲紅遍法國，並且是第一位主演主流電影、登上美國音樂廳及成為國際知名藝人的非裔美國女性。

每張臉看起來都活像傻瓜。她是閃閃發光的女王，觀眾全是身分低微卻痴戀女王的家臣，不，是微不足道的奴隸。

然而，在這些觀眾之中，卻有個不是傻瓜的男人，或說至少看起來不像傻瓜。他坐在正面觀眾席的中央歪頭沉思，完全沒瞧她的豔舞半眼，也沒有張大嘴巴。男人的眼睛被大大的墨鏡遮住，顯然並未看著蘭子。明明所有人的視線都集中在蘭子身上，只有一個陰森可怕的異類例外。

蘭子剛開始跳舞沒多久便發現那個男人，而在她跳舞的過程中，她只注意那個男人。這樣也不看？這樣還不看？她使盡渾身解數，擺出各種惱人的姿勢，但是男人宛若性冷感一般，連瞧也沒瞧一眼。後來，蘭子不禁害怕了起來。

「天啊！好奇怪的人，他到底是來這裡看什麼的？」

男人不看蘭子的舞蹈，反而是蘭子深深受到他的吸引。她甚至覺得，場中只有這個男人比自己更為優越。

過一陣子，不知男人在打什麼主意，只見他摘下墨鏡，把臉轉向蘭子。

當時蘭子正照著舞步順序轉圈子，當她轉回正面時，恰好與摘下眼鏡的男人彼此相望。

男人頂著「蘭子小姐，是我。」的表情，踮起腳尖仰望舞台，但他的雙眼卻像是被縫起來似地緊緊閉合。

這男人是個瞎子。剛才他一直不看舞台，是因為他縱然想看也沒有眼睛可看。

「啊！」

蘭子倒抽一口氣，歌聲戛然而止，正在跳舞的手亂了套，腳步也變得亂七八糟。因為她的異樣舉止而大吃一驚的觀眾席，剎那間變得如墳場般鴉雀無聲。

蘭子險些跌倒，勉強才踩穩腳步。她搗著額頭，硬生生地擠出笑容，繼續努力跳舞。然而，她實在無法忍受。

她全都明白了。在美術館撫摸大理石像的人、假扮按摩師玩弄她肌膚的人，以及剛才贈送花束的人，全都是這個男人。

啊，多麼可怕的執著！面對獵物的蛇正屏住呼吸，伺機而動。

蘭子裝病，向樂隊打了個暗號，半途結束舞蹈，衝進休息室裡。

「哎呀，老師，您怎麼了？」

內弟子的君子吃了一驚，從背後追上來。

「小君，妳去把剛才送花來的那個花店年輕人找來，他應該還在附近玩樂。」

「那個人怎麼了？」

「別問了，快去把他找來！」

被老師一喝，君子慌慌張張地走出後台。

蘭子嫌前來探視的弟子們囉唆，關上休息室的門，滿心焦慮地等候。幸好那個年輕人似乎仍在附近，沒過多久便和君子一道前來。

蘭子戰戰兢兢地指著剛才的花束，彷彿那是什麼可怕的東西。

「你有看到訂這束花的人嗎？」她詢問。

「有啊。不過我以前沒見過那個人，不知道他是誰。」

年輕人一臉訝異地回答。

「那個人的眼睛怎麼樣？是不是戴著一副墨鏡？」

「看吧，您明明知道他是誰嘛！沒錯，是個戴墨鏡的瞎子老爺。」

果然是那傢伙。過度的恐懼使得蘭子眼前發黑。

「夠了、夠了，你可以走了。」

她將一張鈔票塞進年輕人的圍兜口袋裡，轉向窗戶。

「哎呀，今天蘭子小姐到底怎麼了？」

年輕人留下這句話便離去。

蘭子粗魯地抓起花束，啐了一聲將花束扔出窗外。

面對這陣突如其來的花雨，正好經過窗下、淺草知名的流氓乞丐大吃一驚，抬頭仰望窗戶；得知是誰將花束丟下來的之後，他便吹了聲口哨，撿起散落一地的花朵，踩著蹣跚的步履離去。

過了片刻，蘭子命令君子窺探觀眾席，那個詭異的盲人已經不見蹤影，想必是目的達成後離開小屋了。

得知盲人已然離去，原本打算稱病回家的蘭子又打起精神，再度登台。

之後，直到散場的時間，都沒有再發生任何不尋常的事，除了蘭子的愛人小村昌一打電話給她以外。

「老師，是小昌。」

忠心耿耿的君子彷彿是自己的愛人來電一般開心，將電話轉給蘭子。

『妳今晚有空嗎？』

蘭子的年輕金主用可愛的聲音在電話彼端呢喃。

「嗯，有空。要在哪裡見面？老地方嗎？還是來我家？」

蘭子也笑逐顏開，興高采烈地說道。

「我已經在老地方了。散場了嗎?那我派車子去接妳。其實我也想親自過去，可是大家一看到我就囉哩囉唆的。」

「好，就這麼辦吧。」

電話掛斷。

「老師很開心吧？」

君子說了句客套話。

「別跟其他人說。」

「我知道。」

散場後，約好的車子抵達後台出入口。每個舞孃都各有金主，每天晚上到了這個時間，後台出入口便有許多身穿漂亮西裝、手持拐杖，或是把臉埋在披肩斗篷大衣衣領中的人前來接送，轎車也很常見。

蘭子穿著便宜的毛皮外套走出後台，一名司機見狀，下車跑過來對她附耳說道：「小村先生派我來的。」

蘭子怕被人看見，小跑步上了車。

車子駛離後，說來不可思議，這時正好有另一輛轎車在後台出入口前停下來，又有一名司機跳下車，向在場的警衛說：

「我是來接水木蘭子小姐的。」

「蘭子小姐剛回去。您是打哪兒的？」

警衛狐疑地問道，頻頻打量司機。

司機傷透腦筋，含混地回答：「哎，那就算了。」又駕車離開。這輛轎車正是小村昌一派來的。

那麼，剛才的車子究竟是打哪兒來的？為何假冒小村之名騙走蘭子？毫不知情的蘭子又將被帶往何方？遇上何事呢？

鏡子的背後

蘭子深信她搭乘的是小村昌一派來的轎車。然而，行駛片刻之後，她發現車子似乎不是開往老地方。

「司機先生，到底要開往哪裡？」

「嘿嘿嘿嘿嘿嘿！」

司機光顧著怪笑，並未回答。真沒禮貌，這個不識歌舞的大老粗，唯一的嗜好大概是觀察左派運動吧，他知不知道水木蘭子是什麼來頭？

「小村先生到底在哪裡等我？你不說清楚，我就要下車了。」

「傷腦筋，老闆不准我跟妳說，他好像想給妳一個驚喜。」

既然如此還是別問了，難得小昌煞費苦心安排了驚喜，自己何必破壞呢？他還是一樣淘氣，有意思、有意思，有錢的不良青年就是懂情趣。

車子停在麴町住宅區一棟氣派的宅院前，似乎是有錢人家。待車子在玄關前停妥之後，一個文雅的女傭出來迎接。
「敝姓水木，請問小村先生……」
「是，他正等著您呢，請跟我來。」
雖然蘭子覺得有點不對勁，但還是順勢跟著女傭往內走。
由於長廊的盡頭是嵌滿了整面牆的大鏡子，看來宛如另一頭也有個身穿洋裝的女人與身穿和服的女人走過來。
咦？奇怪，這個女傭是怎麼搞的？居然沒有轉彎，而是筆直朝著長廊盡頭的鏡子前進。
「哎呀？那邊不是死路嗎？」
蘭子忍不住提醒，女傭笑了。
「呵呵呵呵，不要緊。」
說著，她按下牆壁的某處。只見那面大鏡子無聲地旋轉，形成一條寬敞的通道，也就是所謂「強盜返」的舞台機關（註11）。

註11／歌舞伎舞台上，將布景往後推倒豎起底面，藉此迅速轉換場景的方法。

哎呀，麴町居然有這種暗藏古怪機關的房子？蘭子不禁懷疑自己是否在作夢。

「請。」

女傭微微彎腰，指著剛形成的通道。原本一直走在前頭的她，似乎不打算繼續帶路。

「妳呢？」

「呃，我們不能進去。」

越來越不對勁了。

「可是，裡頭烏漆墨黑的。」

「對，不過完全沒有危險，只要沿著牆壁直走就行了。」

真是講究的驚喜啊。雖然有趣，但是有些恐怖。

「小村先生在裡頭嗎？呃，不好意思，能不能請妳叫他出來？」

「呵呵呵呵呵。」女傭無禮地笑道：「剛才也說過了，我不能進去叫他。他吩咐過，要客人自己進去。」

小昌未免太過淘氣，居然要人大半夜的跑進這種烏漆墨黑的地方，不如乾脆回去算了。不過，好像挺有趣的……蘭子思索片刻，終於下定決心入內一探究竟。她作夢也沒想到，這麼做將導致她的命數走到盡頭。

「我就進去看看吧。」

「好的，請。」

可恨的女傭依然嘻皮笑臉。

蘭子用右手摸著牆壁，戰戰兢兢地行走於黑暗之中。牆壁異常光滑，地板似乎鋪了層厚厚的地毯，走進裡頭以後完全沒有腳步聲。

走了十來尺後，黑暗變得更加濃厚，可以感覺出後方有微微的風吹來。蘭子回頭一看，「強盜返」大鏡不知幾時之間已經歸位，如今連一絲光線也沒有。

蘭子感到毛骨悚然，有種再也無法重見天日的落寞與無助。

她跑回原地，推了推鏡子背面，鏡子似乎是機械式的，用手根本推不動，活像混凝土牆一樣堅固。啊，被關在裡頭了，不過小昌一定是打算先嚇嚇她，待會兒再帶著笑容出現吧？真是個淘氣鬼，他從前也曾搞一些惡劣的把戲來惡作劇——天真的蘭子仍未察覺真相，如此悠哉地暗想。不知何故，她完全沒想起白天所見的那個古怪盲人。

不過，她還是覺得發毛。別的不說，四周烏漆墨黑的，根本什麼事也不能做，因此她一面沿著牆壁慢慢前進，一面扯開嗓門。

「小村先生～小昌！」

她大聲呼喚。

「快點出來，不然我要回去了。」

然而，黑暗宛若墳場一般寂靜無聲，沒有任何回應。

黑暗中，蘭子撞上盡頭的牆壁。她摸索四周，沒有發現彎路，這才明白這裡是個沒有出口的長方形箱子。

是壁櫥嗎？要說是壁櫥，未免太深了。還是儲物間？不過，儲物間的入口是「強盜返」的機關也很奇怪。無論為何者，目前最大的麻煩是找不到出口。

束手無策的蘭子只能倚著同樣光滑的盡頭牆壁，此時，腳下的地板彷彿突然消失，嚇得她的心臟險些跳出胸口。

「咦？救命啊！」

她不禁發出丟臉的叫聲，但為時已晚。地板就像舞台的升降裝置一樣是中空的，一路往下降；牆壁也光滑平坦，她沒有地方可抓。

要說這是小昌的惡作劇，未免太過火了。莫非……這會兒她真的害怕起來。

地板下降了一丈左右便突然停止，原來是個有奇妙升降機關的地下室。

「蘭子小姐，嚇著妳了嗎？」

遠處傳來男人的聲音。

「是小昌嗎？」

蘭子急切地反問。

「嗯。」

「太過分了。這裡到底是誰的房子？」

蘭子埋怨，朝著聲音的方向走了兩、三步，剛才所站的地板趁機又往上升。這代表她被雙重囚禁，再怎麼掙扎也逃不走，黑暗中的聲音主人是她唯一的救星。

「這裡好暗，什麼都看不見，怪可怕的。這裡沒有燈嗎？」

「嗯，我這就開燈。」

天花板的電燈亮起來。光線雖然昏暗，但是對於已適應黑暗的眼睛而言仍嫌刺眼。

蘭子一看，不禁大吃一驚。沒想到地下居然有如此氣派的房間，是個足足有一百八十尺平方大的廣闊空間。非但如此，房間的構造極為不可思議，宛若另一個世界。不，光用「不可思議」仍不足以形容，那是令人一看便為之愕然的瘋狂設計。

面對這種奇異的狀況，蘭子又忍不住懷疑自己是否在作夢。

惡魔的曲線

該如何說明這個奇異地下室的構造呢？若用這個世界的語言描述，恐怕無法完全說明。首先映入眼簾的是難以形容、令人不快至極的混亂色彩。色彩的雜音，色彩的不協調音。如果這個世界上真有令人發狂的配色，應該就是這種配色吧。

這裡並沒有強烈的色彩，整體呈現陰鬱的灰色，但在這之中，宛若噁心的肉瘤或瘀痕，又宛若顯微鏡下看到的細菌一般種類繁多的不同色彩交叉錯雜，絲毫沒有一致性。打個更好懂的比方，各位上小學的時候，應該看過分解式人體模型的胃袋或肺臟內側吧？將那種難以言喻的可怕色彩弄得更灰暗一點，並毫無節制地擴大，就和這個房間給人的感覺差不多。

隨著眼睛逐漸適應，便可察覺這些色彩並非顏料塗成的，而是因為牆壁及地板全是使用各種不同的材料組合，而這些材料的質地、顏色各不相同，因此造成這種混亂的色彩。

非但如此，牆壁和地板並非平面，而是和胃袋內側一樣，有著可怕的凹凸。這些凹凸造成的陰影使得色彩顯得更為古怪、更為瘋狂。

若要問這些凹凸是不是雕刻，它們確實是雕刻，有些地方甚至和線雕一樣精細。不過，它們和一般所稱的雕刻截然不同。無論在任何展覽、任何老舊的建築或外國的雕刻照片上，都看不見如此瘋狂的雕刻。

簇集紊亂的凹凸顯然呈現某種形狀，卻完全看不出它們的原型。不是人類、不是獸類、不是魚鳥，更不是植物，也不是以自然景色或人工物品為原型。便如同此處的色彩，這些交錯起伏的牆壁和地板也有種令人發狂的效果。

「小昌，你在哪裡？饒了我吧！我快瘋了。」

蘭子感到暈頭轉向，用手抵著可怕的牆壁尖叫。

「呵呵呵呵呵，猜猜看我在哪裡？」

牆壁另一頭傳來竊笑聲。這個房間猶如一個巨大的洞穴，完全沒有出口，蘭子根本不知道該怎麼前往牆壁的另一頭，要她怎麼猜？不可思議的事不只有這一件，這道男聲似乎不是小村昌一。

不過蘭子沒有多餘的心力去懷疑這道聲音，因為她碰上一件更怪的事。她不經意抵住的牆壁有股難以言喻的異樣觸感，令她大吃一驚。

牆壁的那個部分有許多狀似反蓋的碗的凸起物，一往下壓，便像蒟蒻一樣抖動並凹陷。非但如此，摸起來溫溫熱熱的，活像觸摸人類皮膚時的觸感。

蘭子心下一驚，把手縮回來。仔細一看，碗狀凸起物似乎是用紅色橡膠製成，溫度則是內側安裝的某種機關所致。

哎呀，這種觸感就和人類的乳房一模一樣，好噁心。

猶如醉漢臉孔一般呈現淡紅色的柔軟乳房形狀，看起來就像疹子，令人渾身發癢；數不清的乳房簇集的模樣，帶給人一種難以言喻的恐怖。非但如此，這些乳房個個都有和人肉一樣的溫度與彈力，一摸便抖動。

如果蘭子更加冷靜，應該會發現其他不可思議之處，那就是這些簇集的乳房並非以同樣的模具製成，而是各有不同特色，宛若將一百個女人並排在一起，逐一仔細仿造她們各具特徵的乳房——這種不可思議又令人發毛的感覺席捲而來。

然而，蘭子沒有這等心力。當她察覺到手觸的凹凸是乳房之後，便明白房裡的所有凹凸都帶有各自的意義。

某個部分，垂死掙扎的千隻大手腕宛若美麗的花朵爭相綻放；某個部分，彎曲成各種形狀的無數手臂猶如巨大草叢，每隻手臂都展現出言語難以形容的媚態；有的部分盡是腳踝，有的部分盡是膝蓋，還有肉體的其他各部位都以任何名匠亦不可及的巧妙構圖，散發出各自的特色及嬌態。

材質亦然，有的是橡膠，有的是象牙般的材質，有的是黑檀、紫檀，有的是天鵝絨，有的是冰冷的金屬，有的是柔軟的桐木，種類繁多，蠢動狂舞，交叉錯雜，演奏著形狀與聲音的不協調交響樂。

這些物體看來瘋狂的一大理由，是雕刻手臂或腿部的材料與配色，和真實的手臂或腿部完全無關，全都直接暴露出材質的色澤，因此實際上是黑色的部位卻呈現白色，實際上是桃紅色的部位卻散發白金色的光芒，給人一種惡夢般的錯覺。

另一個理由，則是因為這些仿造的肉體全是手臂歸手臂、乳房歸乳房，都是同樣的部位聚集在一塊，而且大小不盡相同。例如乳房和實物一樣大，膝蓋卻有三尺見方；有的部位像小人國般異樣地小並擠在一塊，設計得極為大膽豪放。

仔細一看，蘭子腳下的地板是有實物十倍大的巨大女人的大腿。直至猥褻的豐腴感、深刻的陰影，還有——說來令人驚訝，居然連每根寒毛、每個毛孔都大大雕刻出來，簡直令人作嘔。

放眼望去，只有這部分由於過度巨大，無法同時容納許多組，因此只能勉強擠入一個人的上半身。如小山般隆起的圓臀，另一頭則是肩膀至背肌之間的雄偉斜坡。材料就像印度美人的肌膚一般，是由光滑的紫檀接合而成。光是這部分的費用便相當龐大了。

這些驚人的視覺效果讓蘭子筋疲力盡、暈頭轉向，非但如此，她慌亂的心底深處又發現另一件事：打從剛才開始，就有股不可思議的香氣刺激著她的嗅覺。

那絕不是材料的木頭味，而是某處在焚香。這種香當然不是普通的香。令人心跳加速的茉莉香與麝香、香水油的香味，以及濃烈得嗆鼻的甜美女性體味摻雜混合在一起，暖洋洋地撲向鼻腔。

就算小昌再怎麼有錢，他真的會想出這麼奢侈、這麼嚇人的點子嗎？

蘭子宛若喝醉一般，仍未察覺那個男人並非小村昌一，反而覺得這個卓越不凡的點子讓她明白情人有多麼了不起，為此大為感動。

「蘭子小姐，妳喜歡這個房間嗎？」

隔壁再度傳來男人的聲音。

「我已經快瘋了。太棒了，真的太棒了，我好崇拜你。來，快讓我看看你。」

「看到我以後，妳不會吃驚嗎？」

哦？難道在這個房間裡，連他都扮成古怪的模樣嗎？還是……

蘭子猛省過來，心臟彷彿快要凍結。她終於發現了，這個男人的聲音並非小村昌一。

「誰？你到底是誰？」

她膽顫心驚地大叫。

地底的盲獸

「妳不明白嗎？是妳很熟悉的人。」

很熟悉的人！很熟悉的人！啊，果然如此，錯不了。

蘭子想起那天晚上謊稱按摩師把玩她乳房的怪盲人，那張下流齷齪的臉。

她明白了，她明白了。她明白這個房間的色彩為何如此雜亂無章。因為房間的主人是個盲人，沒有視覺的需求。相對地，在觸感方面，無論是象牙也好、金屬也好、紫檀也好、溫暖的橡膠也好，他都千挑萬選、精雕細琢過，不是嗎？這些東西能讓他用蜘蛛腳般的指尖四處撫摸，沉浸於無可自拔的快感中。

面對驚人的事實，蘭子險些喘不過氣來。不過，基於越害怕越想看的心理，她忍不住環顧整個房間，又發現了某種可怕的景物。由於燈光昏暗（屋主完全不需要這些燈光）而視野不佳，剛才蘭子完全沒留意對面盡頭的牆壁，直到男人的聲音傳來，她才定睛凝視，竟發現那裡排列著完全不同於她剛才所見的人體部位。

首先映入眼簾的，是用質地細緻的鼠灰色木材製成的巨大人類鼻子群。每隻鼻子長約六尺，顯得油油亮亮。

總計三、四十隻，約有一個人類高的可怕鼻子形狀各不相同，並列疊合。鼻翼怒張的鼻孔看來宛若漆黑的洞穴，正瞪著蘭子。

鼻子群旁邊則是大小不一的嘴唇，大至一疊榻榻米大，小至實物大，有的緊閉雙唇，有的半開露出石牆似的齒列，有的則是張大嘴巴展示鐘乳洞般的喉嚨深處。

更可怕的是成群的眼睛。這些眼睛是用看似象牙的白色材料製成，毫無色彩，宛若大理石像的眼睛，又好似罹患目翳的眼，睜大了空洞的白眼瞪視著。這些眼睛同樣是大小形狀不一、並列疊合，猶如用望遠鏡窺見的月球表面，給人一種不舒服的感覺。

「我這就過去撫摸妳美麗的身體吧！」

聲音才剛響起，就有一個人活像隻異樣的蟲子，慢慢地從剛才那張血盆大口的喉嚨深處爬出來。

蘭子已經沒有力氣站著，疲憊不堪地倒在巨大的大腿上，環顧四周尋找逃生之路，但是升降梯早已升起，其他地方也沒有出口。

那個想忘也忘不了的下流中年盲人現身。他踩著猶如一百顆巨桃密密麻麻排列而成的橡膠凸塊，走向蘭子。

「就算在這麼強烈的香氣中，我還是聞得出妳的味道。瞧，就在這裡。啊，這隻手掌、這隻手臂、這個肩膀，我全都記得一清二楚。是蘭子，是蘭子。」

聽見他的聲音，感受到他的手，蘭子成千上萬的毛孔全都閉起來，所有寒毛如同貓毛一般倒豎。

她快瘋了，已經豁了出去，扯開嗓門使勁大叫：

「畜生！畜生！你到底想把我怎麼樣！快讓我回去！別看我是女人好欺負，我可是水木蘭子，到時看我怎麼對付你！」

「哈哈哈哈！」盲人完全不為所動。「好潑辣啊，我就是喜歡妳這種性子。妳馬上就會知道我想把妳怎麼樣了，用不著那麼慌張。」

盲獸舔了舔自己的嘴唇。

「對了，蘭子小姐，聽妳剛才的說法，似乎很喜歡這個房間？我花了五年，耗費鉅資，才完成這些裝飾。說到這件事，我必須先說明我的家世才行。老實說，我是某個明治時代大富豪的獨生子。父親死後，留下龐大的財產給我，但我是個瞎子，根本沒處花。所以，我發了一個願。」

原來這個可怕的盲人居然有這等家世？

「這個願就是……」

他活像貓兒玩弄老鼠，用喜不自勝的語氣說道：

「說來也是瞎子的悲哀，我看不見漂亮的女人，看不見美麗的景色。除此之外，還有書畫、戲劇、陽光、雲彩以及電燈等人工光線之美。世上有許許多多令人大飽眼福的事物。光是讀點字書、聽別人講述故事，就令我萬分欣羨那些眼睛正常的人。我怨恨把我生成瞎子的父母，怨恨老天爺。不過，我無能為力。

盲人的世界裡，只剩下聲音、氣味、味道和觸覺。要說聲音，音樂對我而言就像吹過的風，無法滿足我；至於氣味，說來可悲，人類的鼻子並不像狗那麼靈敏；而食物對我而言，只是用來填飽肚皮的東西。想來想去，只有觸覺才是我們盲人唯一所剩的樂趣。

我把一切都寄託在這個唯一的樂趣上，無論什麼東西都要摸上一把才滿意。在各種物品之中，摸起來最開心的就是生物。我曾經開過牧場，養了幾百隻羊，每天都在和煦的陽光下和羊群玩耍；我也曾在宅院裡養了滿坑滿谷的貓狗，以牠們為被褥睡覺。不過我很清楚，任何生物都比不上人類，尤其是女人。

我的妻子是父親千挑萬選、重金迎娶來的美女，但她只是臉蛋漂亮而已，對我而言不過是個瘦巴巴的生物，一點也不美。原先我以為女人都是這副德行，便死了心，乖乖和她生活了幾年，直到有一天，我接觸到別的女人的身體。之後，我就上癮了，開始享受各種女人的觸感。

女人的肉體之美是無窮無盡的，不摸遍全世界的女人肌膚，我不甘心。我完全無法想像世上有多麼美好的女人。其他人可以透過風評或照片欣賞世上的美女，大飽眼福，但是我不行。非但如此，大多時候，世人所謂的美女對我而言一點也不美。

不過，蘭子，聽我說。就在我的慾望日益強烈之際，我發現一件可怕的事。我的財產有出無進，已經所剩不多。我很焦急，在財產用盡之前，我真的能夠得到夢寐以求的女人嗎？一想到這一點，我就覺得人世虛無、了無生趣。

於是我絞盡腦汁，最後想出一個點子，就是這個房間。請看，在明眼人看來，這個房間美麗嗎？我僱用名氣不大但手藝很好的雕刻家，照著我的指示製作這些形形色色的雕刻。模特兒就在我的腦海裡，我從過去認識的女人中，挑出她們身體最美好的部位，鉅細靡遺地告訴雕刻家，讓他把架空的思想化為具體的雕刻。

不過，建造這個房間，幾乎花光我所有的財產。即使如此，在我還能享受這個房間的期間，我並不在乎。這半年來，我不分晝夜地沉浸於這個小天地之中，摸黑撫摸每個雕像，樂不可支。然而，無論製作得如何精巧，雕像畢竟是沒有生命的物體。漸漸地，我開始想念起活人來了。

可是，我已經沒有足夠的財力擺布活人。請妳想像看看，像我這樣的家世、像我這樣的盲人在這種時候有何感受？我終於起了邪念，關在房裡兩、三個月，滿腦子想的都是同一件事——如何做壞事卻能逃過刑罰呢？更別說我是個行動不便的盲人了。

後來，我下定決心開始做壞事。首先是錢，我必須先填飽肚皮；弄到錢以後，我開始尋找最終目標——女人，而我終於找到了，就是妳。我聽過那些七嘴八舌的風評，說蘭子歌聲不好，舞跳得很爛，長得也不算漂亮，全是靠身體走紅的，要看就看她美麗的肉體。

我去過帝都劇場好幾次，聽見妳的聲音，也聽見那些觀眾的驚人喝采聲。一想到妳會如此受歡迎全是因為身體，我就好想摸摸看，想到忍不住發抖的地步。正好那時候，我聽說有個叫雲山的雕刻家請妳當模特兒，刻了座真人尺寸的大理石像，並擺在展覽會上展覽。得知這件事後，我開心得手舞足蹈。

接下來的事妳也知道。觸碰妳肩膀時的那種喜悅，當真是筆墨難以形容！啊，風評果然沒錯，妳比我遇過的任何女人都美，我恨不得立刻把妳弄到手。當妳在舞台上跌倒之後，我鬼鬼祟祟地潛入後台，偷聽那個叫小村的男人打來的電話，並在那個時候想出轎車詭計，而妳就這麼落入我的手掌心。妳聽不見我的心跳聲嗎？我已經高興得渾然忘我。」

盲人叨叨絮絮地說道。

面對他驚人的執著，蘭子感到五味雜陳。她心裡同情盲人的境遇，然而，一把視線轉向他下流的臉孔，她便萌生一種可怕又不祥的預感，忍不住渾身發毛。

「所以……所以，你到底打算把我怎麼樣？」

她氣急敗壞地問道。她明明知道答案，卻不得不問。

「哎，妳馬上就會知道了，馬上就會知道了。」

盲人略微羞怯地轉過臉，無意義地把玩蘭子的指尖。

天昏地暗

不久，盲人觸角般的指尖輕飄飄地纏繞蘭子的手臂，猶如蟲子爬動一般，從手臂爬上肩膀，又從肩膀爬向後腦。

接著，蘭子的脖子被拉向前方，盲人的醜陋臉龐占據整個視野，蛞蝓般的潮濕嘴唇蠢蠢欲動地湊向她的唇。直到此時，蘭子才回過神來，用力甩開對方的手，大聲尖叫站了起來。

「不行！畜生，畜生！」

她宛若在驅趕貓狗一般。

「妳不明白我的一片痴心嗎？求求妳，妳瞧。」

可悲的盲獸雙手合十，苦苦哀求。

「妳可以把我當成妳的奴隸，踐踏我、吐我口水。就算妳再怎麼踹我，我也會像小狗那樣發出喜悅的叫聲，絕不會生氣。欸，蘭子小姐，求求妳、求求妳。」

「我已經說了，不行！畜生，我連踩你都嫌弄髒我的腳。」

盲獸宛若被主人責罵的狗，把腹部貼在地板上慢慢爬過來。蘭子一面閃避他，一面狠毒地說道。

「妳說什麼都不答應？」

「對，我說什麼都不答應。」

他們就像小孩子吵架一樣怒目相視。

「好，現在我知道妳是不可能答應我這種人的懇求了。不過，我也一樣，不管妳再怎麼懇求、再怎麼哭泣、再怎麼喊叫，我都不會讓妳重見天日。既然懇求也沒用，我反而好辦。妳仔細想想，雖然我看不見，但力氣可是比妳大多了。」

盲人露出黃色牙齒，咯咯笑了起來。

如此這般，不可思議的戰鬥展開。

蘭子在渾圓滑溜、高低起伏的黑檀、紫檀或象牙地板上跌跌撞撞地四處逃竄。

盲眼的野獸則是吐著火焰般的氣息，用驚人的速度匍匐爬行，陰魂不散地追著她的氣味、衣物摩擦聲及呼吸聲。

「哎喲！救命！快來人啊！」

蘭子發出了換作平時鐵定忍不住發笑的滑稽尖叫聲，東逃西竄。然而，她的尖叫聲其實一點也不滑稽，完全是發自內心、不由自主的叫聲。

「啊，我好開心。妳已經累了，對吧？妳現在口乾舌燥，幾乎快要暈倒。從妳的呼吸，我聽得出來。再一會兒，只要再忍耐一會兒就好。來，快逃吧！我會鍥而不捨地追下去，耐心地等妳逃累了、頭昏眼花地倒下來。」

盲獸露出下流的笑容，舔了舔嘴唇。

蘭子的確氣喘吁吁、頭昏眼花，隨時可能暈倒。

「啊，沒救了，我真的會變成野獸的犧牲品嗎？」

她趴倒在光滑的巨大大腿之上，萬念俱灰地閉上眼睛。

就在這時候，發生一件極為可怕的事。或許那是幾乎失去意識的蘭子看見的瘋狂幻覺，又或許是這個地下室的某種動力發動的詭異機關也說不定。

無論為何者，在蘭子看來，整個房間似乎開始蠢蠢欲動。

事後回想起來，那實在是令人啞然的奇觀。

手臂叢林、手腕腳踝草叢、大腿森林，全都像迎著風的樹梢一樣搖盪擺動；並排於地板上的渾圓肉塊，宛如波濤晃動；巨大的鼻子抽動鼻翼，嗅著氣味；血盆大口露出牙齒，發出呻吟聲。蘭子倒臥的黑檀巨人抖動大腿，展開異樣的波動。

「啊，我已經瘋了嗎？」

不、不，不是的。那隻可恨的野獸依然在波盪的地板上匍匐爬行，追尋著她。

啊！他的觸角終於碰到蘭子的腳，溫熱的掌心緊緊抓住了蘭子的腳踝。

這種毛骨悚然的觸感讓蘭子再度恢復氣力。她用力踹開那隻手，在蠢動巨人的光滑皮膚上打滑了好幾次，一面痛苦掙扎，一面沿著大腿、臀山及背溝爬向巨大的肩膀。

然而，這不過是垂死掙扎罷了。對手被踹之後雖然一度退卻，但隨即重振旗鼓，猛然撲向柔弱的犧牲品。

最後，兩人扭打成一團，在起起伏伏的雕刻物浪潮之間載浮載沉，滑落巨人的肩膀，滾到無數的渾圓肉塊之上。

「畜生！畜生！畜生！」

蘭子絞盡最後的力氣，對著對手的臉孔、手臂又抓又咬，死命抵抗。

惡魔也全神貫注，一面發出野獸般的咆哮，一面竭盡全力制伏犧牲品。

「哇哈哈哈哈！怎麼樣？這樣還不死心？這樣還想逃嗎？哼！哼！」

無論牆壁或地板，雕刻物的無數曲線都達到活動的巔峰。

紫檀手臂、黑檀大腿、肚子、腳、脖子、眼睛、嘴巴、鼻子，全都跳躍、狂舞、怒號、咆哮。

整個地下室猶如在怒濤中翻騰的船隻般搖盪咿軋。

無論是追逐者或逃亡者，都已經看不見、聽不到。兩人互相扭打，有時往右、有時往左，在天昏地暗的大動亂中翻來滾去。

簇集於牆上的無數乳房全都紅著臉，像氣球般膨脹。上千顆乳頭往滿地打滾的兩人潑灑溫熱的乳汁。

不一會兒，蘭子既未隨著乳汁海嘯載浮載沉，也沒有被浪潮淹沒，而是在不知不覺間失去意識。

地底之戀

饒是倔強的水木蘭子，在經歷這場令人身心俱疲的巨大刺激之後，也變得筋疲力盡，只能屈服於凶暴盲獸的意志力之下。不，何止屈服？說來可怕，她對這個空前絕後的地底世界、世外異境，竟然萌生了無限愛戀；如今就連可恨的盲獸都帶有一股不可思議的魅力，撩撥她的心弦。

蘭子終於答應嫁怪盲人為妻。

如此這般，隨著時光流逝，地底愛侶的床笫情事變得越來越濃烈。貴為歌舞界女王、被譽為淺草娛樂界之花，擁有眾多支持者、自由自在的生活——對於她這樣的女人而言，可說是優渥至極的境遇，但如今她居然肯捨棄這一切，安居於陰鬱的地底世界，以醜怪無比的盲人為夫，實在是種不可思議的現象。

不不不，不可思議的不只這件事。年輕貌美又擁有美麗肉體的蘭子，曾經是那麼難以忍受盲眼的野獸，甚至到了作嘔的地步；然而，現在她卻是打從心底熱戀著對方。她對他深深著迷，連一天也離不開他。這個骯髒齷齪的殘廢身上，究竟哪裡帶有如此強大的魅力？

「蘭子，妳還會想起小村昌一嗎？」

有一次，盲人不安地如此詢問。

「不，一點也不會。我對地上的世界已沒有任何眷戀，早就遺忘一切。我已經在另一個截然不同的世界重生了。所以，親愛的，你可別拋棄我喔，永遠永遠不可以拋棄我。」

蘭子的轉變居然大到說出這種話的地步。

蘭子漸漸地失去視覺。她並非罹患眼疾，雖然擁有健康的眼睛，但因為她幾乎沒有使用，使得色彩和形狀的記憶逐漸淡化。她不是失去視覺，而是完全遺忘了。

她很喜歡盲人的觸覺世界。對她而言，眼睛只是礙事的玩意兒，看不見反而好上許多。在熄燈後的黑暗中，單靠手的觸感、皮膚的觸感、聲音和氣味生活，是多麼開心的事啊！忘了視覺，才能體會真正的觸覺，才能細細品味神祕、幽幻、奇妙至極的手感之樂。

「從前我居然不知道如此快樂的世界。啊，我真想告訴其他眼睛正常的人。看到你們這些吹著悲傷的笛聲四處攬客的盲人，我總是充滿同情，現在才知道自己大錯特錯。失明的人沒有比較的對象，所以不明白；但是像我這種沒有失明卻活在觸覺世界裡的人，可就很清楚了。啊，可憐的明眼人，你們從不曾陶醉於這種難以言喻、不可思議、甜美舒適的盲目世界。如果世上的盲人知道這點，反而會同情你們這些明眼人呢！

啊，我現在才明白沒有眼睛、光靠觸覺生活的低等動物，那種異樣甜美與懷念的感覺。牠們絕非不幸。非但如此，牠們才是這個世界造物主的頭號寵兒。」

蘭子的想法有了這麼大的轉變，實在是件驚人的事。她瘋了嗎？不不，並不是，或許她所說的「只有觸覺的世界的奇妙陶醉感」是真的存在也說不定。

明眼人無法用指尖閱讀微小的點字，但是盲人卻能像用眼睛閱讀一般，流暢地解讀這種奇妙的小小隆起。大家應該都知道昆蟲的觸鬚有多麼敏銳吧，盲人的手指、皮膚也和昆蟲的觸鬚同樣不可思議。他們的觸覺是一般人完全無法想像的，應該可以視為截然不同的兩種事物。至少蘭子如此深信不疑。

如今，她總算了解她的盲眼丈夫撫摸雕刻作品時的心情。當時她嗤之以鼻，但其實反倒是盲人才能領略真正的雕刻之美。

如此這般，蘭子的手指與皮膚越來越接近昆蟲的觸鬚。無論是再怎麼細微的空氣震動、再怎麼微小的物質，都逃不過她的觸覺。這些事物有著不成形的形狀，不成色的顏色，不成聲的聲音。

對於忘了視覺，只靠觸覺生活的她而言，丈夫的失明和丈夫的醜陋都不再具備任何意義。她一味享受著丈夫的觸感。啊，眼見的感覺和觸摸的形狀居然有這麼大的不同。在觸覺的世界裡，丈夫一點也不醜陋；豈止如此，他甚至擁有蘭子從未觸摸過的神奇舒爽肌肉美。

她想起在地上世界時痴迷不已的小村昌一的觸感，與丈夫加以比較，接著發現那個美青年昌一在觸覺的世界裡，只是個不值一瞥的醜男，因而驚愕不已。

如此這般，只有黑暗與肌膚觸感的幾個月過去了。她是在秋末展開地底生活，不知不覺間，年關過了，嚴寒的季節到來。

地底密室有暖氣，隨時保持宜人的溫度，因此她完全沒有察覺季節變換。直到某一天，搭乘升降梯替他們送三餐的盲眼少年，告知外頭正在下雪。

為愛痴狂的極致

這陣子，觸覺世界裡的男女達到了為愛痴狂的極致。

像他們這種持續異常生活、只靠感覺維生的人類，面臨了理所當然的命運。他們嘗盡奇妙的觸感，如今已徹底厭倦。

百般無聊的他們玩起互述對方身體各個角落的細微特徵的遊戲。

「妳的腳底有三道橫向的大皺紋，每當妳使勁彎曲腳趾的時候，拇指根部的肉就會圓滾滾地鼓起來，形成三層小山。」

「哎呀，真的，的確形成了三層小山。那換我。你的心窩長了根又粗又長的毛，你一興奮，這根毛就會翹成三十度角。」

然而，對於熟知彼此身心所有祕密的兩人而言，平凡無奇的觸覺生活實在無聊至極。

他們只能更換對象，或是尋求酷烈的刺激。

盲眼丈夫雖然已經厭倦蘭子，但是蘭子並不然，因此更換對象的主意總是在蘭子的淚水攻勢之下不了了之。

於是乎，他們選擇了另一個方法。他們捨棄過去的奇妙觸覺遊戲，尋求酷烈的刺激。

他們宛若黑暗中的兩隻猛獸，互咬彼此的肉體、彼此鬥毆、互相傷害，並引以為樂。

這又是另一種難以言喻的魅力。蘭子想起從前在地上世界常去觀賞的拳擊比賽。選手每次出戰，都是血流如注，體驗著死亡的痛苦；倘若有個閃失，或許連小命也不保。即使如此，拳擊依然盛行，是出於榮譽心？或是為了獎金？不不不，不只如此，他們透過互相傷害得到肉體的無上快樂。即使是一敗塗地、血流如注、滿地打滾的輸家，也能體驗這股快樂的滋味。直到現在，蘭子才明白選手的真正心情。

如此這般，黑暗中的盲獸夫妻靠著最後的血腥觸感，發掘了至高無上的快樂。

受傷的向來是蘭子。從她光滑的大腿噴出溫熱黏稠血花的觸感，不只取悅了盲獸，也替受傷的她帶來無比的快樂。這是多麼驚人的事實啊！

她並非不覺得痛。她感受到強烈的痛苦，痛得大聲尖叫、滿地打滾。然而，這種痛苦即是快樂，一面脈動一面噴出的血花帶給她快感。她渴望受傷，傷口越大、痛苦越強烈，她便越是歡喜。

盲眼的丈夫起先也為了妻子的鮮血而歡喜。他隨心所欲地用牙齒、用指甲、用刀子取悅妻子，把頭埋進流出的液體中啜飲，耽溺於地獄的悅樂之中。

然而，不久後，他又厭倦了。他完全沒料到蘭子竟是如此執拗與貪婪，這令他傷透腦筋、哭笑不得。蘭子的存在使他不快、使他心煩，他開始憎惡這個曾令他深深痴迷的女人。

他對於瞭若指掌的蘭子肉體已經沒有任何眷戀，開始渴望其他觸感、渴望其他女性。

「來，狠狠地傷害我！乾脆把肉挖下來！」

面對扭動身軀的蘭子，他擬定一個可怕的計畫。

「妳那麼希望我傷害妳？那麼想吃苦頭？很好、很好，我有個好主意。妳等等，我馬上就讓妳喜極而泣。」

他用刀子抵著蘭子的手臂，慢慢地使勁。

「啊！啊！」

蘭子發出了分不清是哀號或快感呻吟聲的叫聲，猛烈地扭動身軀。

「再來！再來！」

「很好、很好，來，這樣如何？」

她終於哭了。她分不清是疼痛或快感，大聲嘶喊。

盲眼的丈夫在刀子上使了最後一把力。骨頭喀喀作響，轉眼間，蘭子的胳膊便與肩膀分離。血花四濺，蘭子的身體如同被網住的魚一般活蹦亂跳。

「怎麼樣？妳得償所願了吧？」

盲獸在黑暗之中露出駭人的微笑。

蘭子沒有回答，因為她已經失去意識。

接下來就不再贅述了。

各位讀者只須幻想數十分鐘後，盲獸於黑暗中伏倒在蘭子四散的手、腳、頭、軀幹等五體之上嚎啕大哭的模樣即可。

雪女

過了兩、三天，場景轉換，來到下雪的銀座街道。

自傍晚下起的大雪，將深夜的銀座大道化為彷彿一夜之間搬到阿爾卑斯山上的雪景。附近的青年拿出滑雪用具，繞著銀座的電車大道滑雪。商店的打雜少年忙著製作巨大的雪人。

此時，某個十字路口的人車道交界處，有個形單影隻的盲人正在全神貫注地雕塑真人尺寸的婦女裸體像。

一個瞎子孤伶伶地堆著雪人，著實古怪至極。

不久後，短髮裸體的雪女完成了。這個雪女並非怪談中的雪女，而是比怪談更加可怕的雪女。

一完成雪女，盲人便立刻回到在附近等候的轎車上。雪人四處都有，而且當時正值深夜，除了滑雪的人以外，沒有電車、轎車或行人通行，任誰都沒有察覺到盲人的詭異行動。

在天亮之前，壓根兒沒人留意那兒有個雪女佇立。

隔天，盲人親手雕塑的短髮雪女成為銀座一帶的最佳傑作，大受歡迎。

打從清晨開始，圍觀者便絡繹不絕，報社的攝影小組也頻頻拍照。

到了下午，和煦的陽光使得雪女的短髮與臉龐間的界線變得模糊不清，還掉了條手臂，化為醜陋的殘廢，但這個名作的熱度依然沒有消退。

下班的紳士駐足觀賞，學生駐足觀賞，小孩駐足觀賞，就連女學生也一面用手肘互戳彼此，一面吃吃笑著停下腳步。

頑皮的小孩朝雪女的肚臍扔雪球。「哇！」一陣笑聲響起。短髮美人斷為兩截，肚臍上方碎裂飛散。

「剛才是雪人碎掉的聲音嗎？」

站在群眾後方的醜陋盲眼男子詢問身旁的人。

「嗯，是啊。」

「那它的腳呢？還沒塌嗎？」

「嗯，還沒。」

身旁的人不明白這個瞎子為何這麼問，一臉詫異。

「你去把雪人的腳打壞吧，光留下腳也沒什麼意思。」

身旁的人在盲人的慫恿下，躍躍欲試地往前走了兩、三步，用靴子踹飛雪女的兩隻腳。

只見雪花四處飛散，兩隻腳隨之崩塌，碎裂一地。

在崩塌的同時，一個約一尺長的蒼白物體滾出來。

「咦？那是什麼？雪女的腳裡面跑出一個怪東西。」

某個學生蹲下來，拍掉上頭的雪，並用指尖摸了一把。

「哇！是人的腳！」

他嚇破膽，往後跳開，尖聲大叫。

群眾的視線一同往那個物體聚集。

那確實是人類的腳，而且是女性的。表面蒼白，切口呈現桃紅色。

「哇！」驚愕的騷動聲擴散開來。

群眾的數目轉眼間變成兩、三倍，接獲通知的警察趕到現場。

「咦？吵吵鬧鬧的，發生什麼事？人的腳怎麼了？」

一直豎耳聆聽的盲人詢問另一個身旁的人。

「哦，你看不見啊？大家吵吵鬧鬧的，是因為雪女裡頭跑出一隻真的女人腳。」

身旁的人回答。

「哦？女人的腳？好嚇人啊！到底是誰做出這麼荒唐的惡作劇？呵呵呵呵呵，真是恐怖啊！」

說著，盲人發出詭異的低笑聲，轉了個方向，拄著拐杖慢條斯理地離去。他的身影混在通行的群眾之中，轉眼間消失無蹤。

有腳的氣球

銀座街頭的雪人之中出現一隻女人腳的來龍去脈，前一章已經敘述過了；不過，水木蘭子還有頭顱、軀幹、兩隻手臂與一隻腳。今天就要來描述盲獸是如何處置這些部位的。這段故事有點噁心，膽小的讀者或許略過比較好。

雪人事件發生後，又過了四、五天，融雪後的潮濕地面也乾了，天氣變得像春天一樣暖洋洋的。

事件發生的舞台是淺草公園的觀音像佛堂前。幾十隻鴿子在石版路上啄食小孩扔出的豆子，排隊參拜的群眾笑咪咪地避開鴿群通行。和煦的陽光，灑落在賣豆子的乾瘦婆婆那張皺巴巴的臉龐上。

嗶！某處傳來氣球的笛音。攤販的攬客聲、傳統樂隊的鼓樂聲開朗地響起，迴盪於藍天之下。

鴿子周圍應該是住在附近的小孩吧。五、六歲到七、八歲不等的十幾個搗蛋鬼，聚在一塊妨礙民眾參拜。

「哇！氣球，是氣球！」

其中一個小孩不經意地仰望天空，大聲呼喊。

莫說小孩，就連路過的大人也驚訝地望著上空。

「哇！好漂亮。這麼多氣球，一定是氣球攤販施放的。」

年紀較大的小孩叫道。

原來如此，倘若不是氣球攤販疏忽，確實不會有這麼多氣球成群結隊地飛上天空。以萬里無雲的藍天為背景，藍色、紅色、白色等二、三十顆氣球用線捆成一束，輕飄飄地飛過觀音像佛堂的屋簷下。線結上綁著一個很大的物體，氣球因為它的重量而漸漸失去浮力，隨時可能落地。

「喂，我們追上去撿氣球！」

某個小孩說道，其他小孩立刻贊成，望著天空拔足疾奔。

氣球乘著微風斜斜地往佛堂旁的廣場下降。小孩一面大呼小叫，一面奔跑。

看到這場天真無邪的騷動，參拜的群眾忍不住駐足旁觀。人數越來越多，甚至有成年人跟著小孩一起奔跑。

轉眼間，氣球撞上廣場的大銀杏枝頭，宛若美麗的五色鳥一般，靜靜落到孩子們爭先恐後的小手裡。

擊敗眾多競爭者抓住氣球的幸運兒，竟是個七歲的小孩。他緊緊抱住綁在氣球下的重物，拖著翻飛的五彩氣球拔腿就跑。這麼做是為了避免其他小孩搶走氣球。

「喂，好奸詐喔！好奸詐喔！分給大家嘛！」

孩子們異口同聲地叫道，緊追在後。前方有道鐵柵欄，跑在前頭的小孩正要跨越柵欄時，便被十幾個競爭者追上了。

「不要、不要，是我拿到的！」

小孩緊緊抱著氣球下的重物，說什麼也不肯鬆手。

激烈的鬥爭展開，孩子們宛若橄欖球選手般前仆後繼地撲向抱著重物的小孩，哇哇大哭的聲音在人山底下爆發。氣球的細棉線斷了，紅、藍等各色氣球逐一飄向天空。

「喂、喂，快住手，你們到底在爭什麼？氣球都飛走啦！」

一個老人一面拉起趴在最上頭的小孩一面斥責。

橄欖球選手們總算起身，唯獨墊底的小孩依然趴在地上，緊緊抱著重物，一動也不動。

接著，他開始放聲大哭。

「來，快起來吧！你抓著什麼？已經沒有氣球了。」

老人抱起小孩，只見小孩的衣服上全是泥土，而且手肘出血，但他依然小心翼翼地抱著某樣東西。

「哎呀，那到底是什麼東西？」

也難怪老人如此尖聲大叫，因為小孩抱著的物體居然長了五根趾頭。

圍觀的孩子們也大驚失色，沉默下來。

緊緊抱著物體的小孩終於察覺不對勁。柔軟冰冷的詭異觸感，嚇得他忍不住扔下物體、往後跳開。

那是個蒼白的腳狀物體，五根趾頭緊緊彎曲，呈現苦悶之色，實在令人發毛。

從膝蓋下方切斷的切口上沾附著凝固的暗紅色血液。

「是人的腳。喂，不好啦！快報警！」

老人臉色發青，結結巴巴地下指令。

不久後，一個用繩子提著蒼白腳踝的警察，撥開了黑壓壓的人潮趕往派出所。目瞪口呆的圍觀民眾也紛紛隨後跟上。

風聲轉眼間便傳遍整座公園。

葫蘆池畔高台的長椅上也有人在談論人腳從天而降之事。

「有人把砍斷的人腳綁在二、三十顆氣球上施放到空中。聽說是很美的女人腳踝。」

一名看似工匠的男人說道。

「哦?真是心狠手辣。這麼說來,發生了凶殺案囉?」

附和他的是坐在同一張長椅上的醜陋盲人。

「錯不了。或許凶手殺害那個女人以後,又把她的手腳剁下來。哇,真恐怖。」

工匠毛骨悚然地皺起眉頭。

「然後,凶手偏偏挑上熱鬧無比的淺草天空來棄屍。呵呵呵呵,五彩繽紛的氣球吊著人腳飄然飛行的模樣,一定很有看頭吧?如你所見,我是個瞎子,就算想看也看不見啊。不過聽你的描述,想必很美吧!呵呵呵呵呵!」

古怪的盲人把醜陋的臉龐轉向和煦的太陽,露出陰氣沉沉的竊笑。

冰冷的手腕

同一天深夜，一位青年紳士在日比谷公園背面那條政府機關林立的冷清街道上徘徊。他前往附近的中式餐館參加宴會，正要打道回府。由於他醉得很厲害，竟弄錯回家的方向，漫無目的地行走著。

當時將近十二點，路上完全沒有行人，照亮寬敞步道的朦朧街燈看起來猶如鬼火一般冷清寂寥。青年紳士發現前頭有個物體在蠢動，雖然醉意正濃，可也不由得暗自心驚。

「喂，誰在那裡？是什麼人？」

他的口氣雖然強悍，內心卻是又驚又怕。他彎下腰定睛凝視，確定那是人類，只不過模樣十分詭異。

那個男人趴在地上，宛若被狗附身，在地面上嗅來嗅去，看起來古怪至極。

「你、你在做什麼？振作點，太難看了。」

醉漢口齒不清地說道，戰戰兢兢地走向那個人。

「哪位啊？」

趴在地上的男人用陰沉的聲音詢問。這個男人似乎沒喝醉。

「我只是碰巧經過而已。你又是誰？學狗做什麼？」

「嘿嘿嘿嘿嘿，我不是在學狗，而是弄丟了拐杖。我是個瞎子，沒有拐杖寸步難行啊。嘿嘿嘿嘿嘿，真是倒楣。」

哦，原來是盲人弄丟了拐杖，根本沒什麼好怕的。

「你的拐杖是在這一帶弄丟的嗎？」

「是啊。」

醉醺醺的紳士藉著街燈光線一起幫忙找，可是四處都找不著拐杖。

「你要去什麼地方？很遠嗎？」

「哦，我要去〇町。」

「〇町？這裡和〇町……這裡是什麼町啊？哈哈哈哈哈，我不知道。算了，我帶你走吧，路上再替你買根拐杖。來，我拉著你的手。」

「嘿嘿嘿嘿嘿，不好意思。」

盲人惶恐地伸出右手。

「好，走吧。」

紳士握住盲人的手邁開腳步，隨即又驚覺過來叫道：

「哇，你的手好冰！活像死人一樣。不過，冰冰涼涼的，很舒服。哈哈哈哈哈！」

「嘿嘿嘿嘿嘿！」

盲人宛若合唱一般，發出下流的笑聲。

紳士握著冰冷的手，踉踉蹌蹌地行走。說來算他走運，他走到一條燈火通明的街道上，電車還在行駛，兩側也有不少商家仍在營業。

仔細一看，旁邊有間櫥窗相當氣派的雜貨店。

「來，你就在這裡問問有沒有賣拐杖。只要有拐杖，你就能自己走路了吧……喂，怎麼不回話啊？按摩的。」

他驚訝地回過頭，發現盲人已然不見蹤影。

「這可怪了，他躲到哪兒去啦？把手留下，自己逃走，未免太卑鄙了吧！喂，太卑鄙啦……等等，那我現在握著的是誰的手？」

他舉起左手一看，無主的手腕也跟著舉起來。

「喂，不要惡作劇！別嚇我！」

醉漢環顧四周，尋找手腕的主人，但是四下無人，只有這隻手。

「該不會是我拉得太用力，把他的手給扯下來了吧？」

就著櫥窗的光線細看，蒼白的手腕正牢牢抓著他的手。他又把視線從手腕移向上臂，誰知在中途便倏然斷絕，只剩下暗紅色的血塊。

「哇！畜生！畜生！」

紳士慌得直跳腳，頻頻甩動左手，但是一時間竟然放不開交握的死人手臂。

「來人啊！幫幫我！」

西服紳士一面甩手，一面發了瘋似地大吼，人群隨即聚集過來。

「幫我拉！幫我拉開這隻手！」

大家都遠遠圍觀，沒有人靠近。誰都不想觸摸死人的手。

不久後，手腕宛若死了心似地離開紳士的手，飛向櫥窗，撞上石灰牆。

人群後方佇立著一個壓低帽簷、戴著墨鏡的男人。

「怎麼回事？那個醉漢怎麼了？」

他低聲詢問身旁的人。

「他抓著人的胳膊，不知道是從哪兒撿來的，真可怕。」

那個人回答。

「哦？人的胳膊？他該不會殺了人吧？對了，那隻胳膊長得怎麼樣？是男人的嗎？還是年輕貌美的女孩的？」

「你瞧，白淨光滑，好像是年輕女孩的。」

「真不巧，我看不見。嘿嘿嘿嘿嘿嘿！是年輕女孩的手啊！真嚇人。」

盲人笑道，拄著不知打哪兒弄來的拐杖，快步離開現場。

蜘蛛姑娘

兩天後，兩國國技館背面的見世物小屋（註12）又發生一樁怪事。

這片廣場並不是常設的表演場地，而是供地方巡演的戲班暫時落腳的地方，不時會上演一些小規模的表演，這時候上演的正好是怪中之怪的蜘蛛姑娘。

所謂的蜘蛛姑娘，即是在怪模怪樣的樓梯中央擺放女孩的頭顱，並以頭顱為中心拉起象徵蜘蛛絲的細繩，頭顱周圍則有八隻假的大蜘蛛腳。換句話說，看起來就像是一隻大蜘蛛抓著人類的頭顱走在繩索上。

這種表演的機關十分簡單。女孩藏身於樓梯狀的箱子中，只讓頭顱露出於上方，在鏡子的作用之下，猛一看便像真的只有一顆頭顱而已。

當時已經是晚上九點，饒是蜘蛛姑娘，也不可能一整天都待在箱子裡不出來，總得出去吃飯和上廁所。這時候也一樣，女孩打了個暗號，戲班主便暫時不放新客人入場，待場內的客人離去之後，再把女孩放出箱子。女孩走向小屋後方才沒多久，不知幾時間又回來，逕自進入箱子裡。

平時這丫頭總是能在外頭多待一刻便是一刻，今天怎麼這麼安分？戲班主邊如此暗想，邊又開始攬客。

「來來來，這就是大名鼎鼎的蜘蛛姑娘，沒有身體，腦袋長了八隻腳，正要開始演唱淺草小曲。只有頭顱的蜘蛛姑娘要唱歌啦，快來看喔！就和招牌上的一模一樣，如假包換的可怕蜘蛛姑娘！」

戲班主的妻子啞著嗓子念起陰沉的口白。

不一會兒，狹窄的場內多了七、八個觀眾。

瓦斯燈散發著臭味，昏暗地燃燒。夜晚的陰影使死板的假道具看起來栩栩如生，彷彿真有一隻大蜘蛛捧著人頭爬下樓梯。

女孩的額頭與臉頰都被一綹綹的辮子蓋住，看不清楚她的臉，但確實是個人。

「來，小愛，唱首淺草小曲吧！」

註12／類似馬戲班子巡迴演出的小房間，裡面展示的多為罕見、畸形的人類、動物或技藝等等。

戲班主從偏門對女孩說道，接著又轉向外頭的觀眾。

「請聽，只有頭顱的姑娘要唱歌啦！看完回去時請記得打賞。」

然而，蜘蛛姑娘不知是不是在鬧脾氣，遲遲不開口唱歌。

「喂，好像不太對勁。」

異樣的感覺使得觀眾開始害怕。

這時候，偏門突然響起可怕的怒吼聲。

「啊，妳是怎麼搞的？跑去哪裡了？」

一道年輕女孩的聲音隱約傳來。

「對不起，我去逛了一下旁邊的攤位。」

「少騙人啦！妳又跑去吃烤雞吧？以後再這樣，我絕不饒妳！」

然而，這可不是罵一頓便能了事的問題。蜘蛛姑娘跑去吃烤雞，現在才回來，那麼在裡頭的樓梯上拋頭露面的是什麼人？

戲班主一臉詫異地走入場內。

確實有人，有兩個蜘蛛姑娘。

「喂，妳是誰？」

班主怒吼。然而，樓梯上的頭顱默不作聲。

觀眾也明白是怎麼一回事了，所有人臉色發青，膽顫心驚地凝視著大蜘蛛。

「喂，快回答啊！」

戲班主氣沖沖地走向樓梯，揪住女孩的頭髮，讓她的腦袋往上仰。這麼做是為了藉著瓦斯燈的光線看清她的相貌。

他一把抓起辮子，用力往上拉。

「喂，戲班主，不行，不行！」

身穿短褂的男人尖聲叫道，他的臉色發青，眼珠子瞪得老大，只差沒飛出來。

「什麼不行？」

戲班主仍未察覺。

「你自己看！你自己看！」

聞言，戲班主望向自己的手，嚇了一跳。抓著頭髮的手感覺不到任何抵抗力，要拉多高都沒問題。女孩的頭顱下方空空如也，她沒有身體，只有腦袋。

「哇！」

戲班主忍不住鬆手。

只見頭顱宛若某種生物，「喀噹、喀噹」地滾下樓梯，跳到觀眾腳邊。

「呀！」

尖叫聲響起，唯一的女客幾乎快昏倒。男客也大驚失色，遠遠地跳開。

女人的頭顱滾落地面，目不轉睛地瞪著空中。切口血肉模糊，呈現牛肉般的櫻花色。雖然臉色蒼白、面露死相，但這個女人依然十分美麗，和戲劇裡使用的公主頭顱一樣眉清目秀。不過，頭顱這種東西往往越是美麗，越顯得恐怖。

見世物小屋有顆頭顱，不知道是誰帶來的，還成了蜘蛛姑娘的替身，自然是掀起一陣軒然大波。轉眼間，小屋前便擠滿黑壓壓的人潮。

接獲報案的警察，立刻從附近的派出所趕來。

戲班主夫婦自然不用說，就連蜘蛛姑娘和幾個觀眾也不能回家，接受了嚴密的調查，但沒人知道那顆頭顱是打哪兒來的，只知道有人趁著真正的蜘蛛姑娘如廁之際，掀開內側的布幕偷偷潛入，放下這顆頭顱。

一如往例，小屋前的人山人海之中出現某個盲人的身影。

「鬧哄哄的，發生了什麼事？」

他詢問身旁的人。

「哦，你看不見啊？危險、危險，你快走吧！瞎子站再久，也看不出什麼名堂。」

但盲人並未因為冷淡的答覆而打退堂鼓。

「說來聽聽嘛。是發生殺人案嗎？」

「殺人案？比殺人案更可怕。蜘蛛姑娘的腦袋變成了真正的頭顱。」

「哦？真正的頭顱？是誰的頭顱啊？」

「囉唆，誰知道？八成是哪裡的妓女吧！」

附近響起一陣笑聲。

「這麼說來，是女人囉？呵呵呵呵呵，是美女嗎？」

「聽說是個美人。」

另一個年輕男人回答。

「呵呵呵呵，原來如此、原來如此，是美人啊。你認得那個女人嗎？」

已經沒人要搭理這個執拗的盲人，不過，偏門邊響起一道尖銳的驚叫聲，宛若在回答盲人的問題。

「啊！我、我認得那個女人。老兄，她就是之前在淺草的帝都劇場登台演出的歌舞團舞孃，水木蘭子。」

聞言，警察似乎向這人問了幾句話。

「哦，是嗎？是水木蘭子啊？真可憐。呵呵呵呵呵！」

盲人喃喃自語，緩步離去。

瞎子湯

水木蘭子遇害的消息，轉眼間傳遍整個東京，警方也全力展開調查，但是尚未查出凶手是誰，反倒先找到蘭子身體的其他部位，亦即兩隻手、兩隻腳與軀幹，這些部位全都散落在意料之外的地方。

幾天前，銀座街頭的雪人之中掉出的女人腳，確確實實是水木蘭子的；另一天，綁在氣球上飛越淺草公園的女人腳也是蘭子的；後來的某一晚，又發生一名喝醉的紳士牽著遺失拐杖的盲人走路，盲人卻消失無蹤，只留下一隻手的事件，而這隻手極可能也是蘭子的。警方收集這些部位加以檢查，得知它們都是同樣年紀、同樣體質的美女身體的一部分。

那麼，剩下的一隻手與軀幹呢？刑警研判這些部位必然也被棄置在意料之外的地方，四處奔走調查，而報紙也用了四、五段文字與大標題來報導此事。在這樣的狀況下，還有什麼東西是找不著的呢？

警方隨即接獲某間屠牛場的報案。血淋淋的牛雜桶中，摻雜著切成碎屑的人骨與肉塊，分量相當於蘭子的軀幹及一隻手。

消息見報之後，讀者都笑了，因為處理屍體的方式實在過於荒誕不經，反而給人一種滑稽的感覺。

「未免太可笑了吧！根本是瘋子才會做的事。」

這些作為的確瘋狂、的確滑稽、的確殘酷得令人發笑。啊，殘酷得令人發笑！世上竟有如此可怕的語句。

非但如此，這個宛若在嘲弄警察的凶手犯下了如此魯莽無謀、膽大包天的大罪，卻始終沒有落網。蘭子的頭顱和手腳被發現時，他就混在黑壓壓的人群裡，暴露於警察眼前；民眾和警察明明目睹了凶手，卻絲毫沒有起疑。因為這個男人是個拄著拐杖、行動不便的盲人。誰能想像犯下如此滔天大罪的，居然是一個瞎子？

又過了一、兩個月，案情依然撲朔迷離、毫無進展。由於這是一樁轟動社會的大案子，民眾對於警察的責難也相對強烈。急於破案的警方曾逮捕幾個可疑人物，但每個都在不久之後排除嫌疑。

如此這般，在蜘蛛姑娘風波三個月後的某一天，有個盲人來到新宿鬧區一家名為「瀧之湯」的大澡堂。那是個年約四十的醜陋男人，拄著拐杖步履蹣跚地步入後門，行動不便的模樣看來煞是可憐，因此，正好在場的澡堂老闆便親切地上前招呼。

老闆完全不知道這個瞎子是隻凶惡殘忍的盲獸。

「您就是老闆嗎？其實我有個不情之請，所以才上門拜訪。」

瞎子坐在入口邊緣的木頭地板上，如此說道。

「如您所見，我是靠按摩餬口，可是這陣子景氣不好，沒有工作可做。我左思右想，有沒有什麼拉客的好方法，想來想去，想到了澡堂的三助（註13）。雖然沒聽說過瞎子當三助，不過，趁著剛洗完熱水澡、全身還暖呼呼的時候按摩可舒服啦。聽說關西一帶，有些三助除了洗背以外，也會替人按摩。這間澡堂的生意這麼興隆，多個按摩的人應該不礙事，說不定還能因此打出一番名氣來呢。至於洗背，我也不是做不來。您要不要試用看看啊？」

「原來如此，按摩的三助啊？這個主意倒不賴，挺有意思的。」

老闆似乎是個喜愛新奇事物的人，並未一口拒絕這個突發奇想。

「哎呀，我敢跟您打包票，一定能打出名氣來。」

註13／在澡堂為客人提供服務的員工。語源來自於協「助」燒柴火、調整水溫及看管櫃台「三」種業務之意。

盲人打蛇隨棍上，繼續說道：

「別瞧我這副德行，我這個人直覺敏銳，鮮少犯錯。再說，客人知道對方是瞎子，心理上也比較不拘謹。尤其是女用澡堂，三助反而是眼盲的才好，否則被一個大男人盯著自己的肌膚瞧，心裡難免不舒服。」

「是啊，說得有理，或許女用澡堂挺適合的。」

老闆也漸漸被他說動了。

盲人沒放過這個大好機會，滔滔不絕地繼續遊說：

「不是我自誇，我的按摩功夫可是不輸人，和外行的三助大不相同，嘿嘿嘿嘿嘿！」

「不過，按摩的，我是沒意見啦，但你能接受和洗背的人一樣，工錢四六分嗎？在澡堂，按摩費不能收太多。」

「不要緊，反正我現在根本沒有按摩生意可做，就當薄利多銷吧。只要風評好，也夠我餬口。總而言之，能否讓我試試看？這生意一定做得起來。」

最後，老闆終於同意了。隔天，瞎子三助便開始在「瀧之湯」的浴場裡工作。如瞎子自己所言，他是個直覺敏銳的男人，辦起事來和其他明眼的老資歷三助一樣穩當。

這麼一來，風評自然大好。有些客人甚至專程遠道而來，就是為了讓瞎子三助按摩。

在女用澡堂方面，起初女客嫌他噁心，但他秉持著與外貌毫不搭調的風趣性格，時常打諢說笑，逗大家開心；加上他看不見，相處起來少了幾分拘謹，因此要不了多久，瞎子三助就變成炙手可熱的大紅人。

如今，他的名氣已經大到大家都不用原來的名字，而是用「瞎子湯」來稱呼「瀧之湯」的地步。

珍珠夫人

女用澡堂有個客人外號叫做「珍珠夫人」，擁有一副格外美麗的身軀。

她是知名咖啡店「珍珠」的女老闆，雖然已年過三十，容貌依舊美麗；而她的肌膚則是更勝容貌，宛若小女孩般光滑又富有健康的彈力，稚嫩得教人忍不住懷疑她仍是處子之身。

珍珠夫人這個外號一方面是來自於店名「珍珠」，一方面則是因為她的肌膚和珍珠一樣美麗。無論如何，她是個不愧珍珠之名的美人。

珍珠夫人是「瀧之湯」的常客，每次光顧都會僱人替她洗背，而且她次次都是指名瞎子三助。

某一天，她一如往常地來到澡堂，要瞎子三助替她洗背。當時剛過十點，澡堂沒有其他客人，默不吭聲也怪尷尬的，於是兩人便一個洗背、一個被洗背，同時閒話家常。

「你每天都摸女人的身體，摸久了也會膩吧？」

珍珠夫人笑嘻嘻地問道。

三助一面用肥皂刷洗夫人光滑的背部一面回答：

「怎麼會呢、怎麼會呢？這可是我最大的樂趣啊！我是個瞎子，不能像一般人那樣欣賞街上女孩的容貌，或是去咖啡廳邊讓美麗的女侍替自己倒水邊欣賞她的美貌。對於我們這種人而言，女人的重點不在於臉，而在於身體。我們用手掌摸索體格和肌理，就像明眼人看臉品評女人一樣。瞎子是用指尖判斷一個女人的美醜，因此三助正是最適合瞎子的行業。多虧這份工作，我才能每天欣賞許多美女。天底下還有比這更快樂的差事嗎？嘿嘿嘿嘿嘿！」

仗著沒有其他客人，三助口無遮攔地說道。珍珠夫人覺得有趣，火上加油地附和：

「這麼說倒也有理。對了，掌櫃的，在你的指尖看來，我算是哪一種人？美女？還是醜八怪？」

「嘿嘿嘿嘿嘿，您真愛說笑。就算我是個瞎子，也知道夫人是出了名的美女。雖然我看不見您的臉，但要論身體嘛，這是我有生以來頭一次遇見這麼美的身體。不，我是說真的。就算來過這間澡堂的幾百個女孩全部加起來，也比不過夫人。您這是千中選一、萬中選一，不，千萬中選一的身體。就連閱人無數的三助都這麼說了，肯定錯不了。」

瞎子三助越說越放肆，沾滿泡沫的指尖從夫人光滑的肩膀，移向和生魚肉一樣富有彈力的上臂及腋下。

「呵呵呵呵，你的嘴巴真甜。沒想到你這麼能言善道，真是人不可貌相。」

「不，夫人，您可別當成說笑啊！我是說真的，全是肺腑之言。不過，夫人，其實我遇過一個和您很相像的身體。」

「哦？身體也和臉一樣，有長得相像的嗎？」

「有。不過，像夫人您這樣的身體非常罕見，我只遇過一個有幾分相像的。」

「是誰？也是這間澡堂的客人嗎？」

珍珠夫人原本只是在調侃瞎子，但是一聽說有對手，便認真起來。

「不，是我從前當按摩師時的客人，我只替她按摩過一次。您應該也聽說過，就是歌舞團的舞孃水木蘭子。」

「咦？水木蘭子？就是死得很悽慘的那個人？哎呀，討厭。」

夫人毛骨悚然地縮起肩，背溝裡的白色泡沫一路滑向屁股。她似乎真的很害怕，肩膀至後頸的髮際線之間微微地冒起雞皮疙瘩。

「那個水木蘭子和夫人是有幾分相像，不過性質全然不同；外表雖然一樣，可是她壓根兒比不上夫人。倘若蘭子是粗雕的人偶，夫人就是細雕過後又用木賊草磨得晶晶亮亮的人偶，兩者形狀雖然一樣，卻有著天壤之別。」

「呵呵呵呵，有意思，你替人洗背，還能摸得這麼仔細啊？」

「嘿嘿嘿嘿，我的眼睛看不見，和一般三助不一樣，但指尖很靈敏，只要稍微一摸就記住了。恕我失禮，夫人的身體最讓我無法抗拒的，就是這個地方。」

說著，他用食指在背肌下方按出一個凹陷。

「哎呀，好癢，討厭！」

「嘿嘿嘿嘿嘿，這個凸起處渾然天成，水木蘭子根本不能比。」

「說到蘭子，還沒查出凶手是誰嗎？」

自己的肉體被如此盛讚，珍珠夫人覺得難為情，便改變了話題。

「還沒，查不出來的。」

瞎子三助答得格外起勁。

「真不知道犯人腦子裡在想什麼，居然做出那種事。鐵定是瘋子幹的，不然怎麼會無緣無故把屍體砍成那麼多塊，到處展示？」

「不過，您不覺得凶手很有膽識嗎？變得出這種把戲，他一定很得意吧！」

「哎呀，你在胡說什麼？好恐怖。」

「手歸手、腳歸腳、頭歸頭、身體歸身體，換句話說，總共切成六塊。我有請客人把報紙念給我聽，聽說手就是從這裡切下的。」

三助用手刀做出砍斷夫人上臂的動作。

「你這個人真討厭，怪不吉利的。」

「嘿嘿嘿嘿嘿，我還聽說啊，她的身體被剁個稀巴爛，倒進屠牛場的牛雜桶裡。」

說著，他宛若要將珍珠夫人剁個稀巴爛，用指腹使勁搓揉她的背部。

肉書信

不久，澡堂來了一、兩個新客人，這段不可思議的對話就此告終。自此以來，珍珠夫人與瞎子三助之間產生了一種親近感，即使不說話，也能靠著三助的手指動作及夫人的身體扭動方式來互開玩笑、互打招呼。

珍珠夫人對這個醜陋的盲人似乎萌生異樣的好奇心，有時候，夫人甚至會主動搖著肩膀對他說笑話。

這是因為瞎子三助的指上功夫潛藏一股特殊的魅力。在裸體按摩方面，他擁有不可思議的技巧。他的十根指頭就像大蜘蛛的腳一般，踩著輕快的節奏，爬行於濕滑的肥皂泡沫上；在他的指頭下，客人的肉體便如同水枕一般起伏波動。

客人宛若中了催眠術，瞇起眼睛任憑瞎子三助擺布自己的裸體。這是種不可思議的陶醉境界，「瞎子湯」的生意會如此興隆，絕非偶然。

珍珠夫人也是為此陶醉的人之一。尤其三助在替她按摩時，總是比面對一般客人時多下了兩、三倍的功夫，因此效果也格外強烈。如今，前往「瞎子湯」已成為珍珠夫人最快樂的每日功課。

瞎子三助正是在等待這一刻到來。他靠著敏銳的觸覺察知對方的心理變化後，便實行最後的手段。

珍珠夫人發覺盲人這陣子的按摩方式出現異樣的變化。

瞎子在使用平時的手法按摩之餘，會另外用食指指腹方方角角地按壓背部的平坦處。

起先，珍珠夫人完全不知道他在變什麼把戲，但在每天重複之下，她終於明白瞎子三助的用意。

原來三助是在她的背上寫字。他不厭其煩地反覆書寫同樣的假名文字。

察覺此事後，夫人若無其事地將注意力集中於背上的肌膚，一字一字地辨認，最後得出下面的句子。換句話說，這是用來進行祕密通信的肉書信。

『今晚一點三越後面見。』

盲人約她今晚一點在「三越」的後面相見。

意會過來後，夫人不禁為醜陋盲人的厚顏無恥而發笑。這個殘廢居然想跟她幽會？實在太滑稽了。

當天，夫人沒有理會他，逕自回去了。

然而，瞎子三助並未死心，每回洗背時總是一筆一畫、反反覆覆地寫下同樣的字句，簡直到了囉唆的地步。

「這個男人到底想把我怎麼樣？總不會是想對我不利吧？這個殘廢如此執著，必定是打從心底愛慕我；只要我溫言款語幾句，他就會高興得發抖，像奴隸一樣跪在我腳邊。這樣也挺有意思的。今晚就來看看這個男人痛哭流涕的模樣吧！」

夫人興起這樣的念頭，正是她被怪物的魔力征服的最佳證據。她絲毫不知道這個瞎子三助有多麼可怕，竟應允了背上的肉書信邀約。

『……後面見。』

當手指停下來時，夫人宛若自言自語，給了正面的答覆。

「好，我會照做。」

聽夫人這麼說，瞎子三助並未回話，只是開心地獰笑，臉上布滿猶如橫帶人面蜘蛛般的醜陋皺紋。

當晚一點，珍珠夫人藉故離開店裡，前往三越百貨後面赴約。

夜深人靜，就連平時熱鬧的大馬路也變得靜悄悄，而三越百貨後面的暗處更是和人煙絕跡的山谷一樣陰森恐怖。

正當夫人站在街角躊躇之際，拄著拐杖的盲人猶如妖怪出現於黑暗中。敏銳的他不知是察覺了動靜，或是聞到珍珠夫人的味道，只見他就像明眼人一樣筆直走向夫人。

「是夫人嗎？」

他用異樣的呢喃聲詢問。

「對，沒錯。因為你苦苦哀求，我才專程來這裡見你。」

夫人用完全不把對方放在眼裡的口吻說道，彷彿她前來赴約是個天大的恩情。

「謝謝，我求之不得。我還以為夫人肯定不會來。謝謝您答應我的哀求，謝謝、謝謝。」盲人喜極而泣。

「好，現在要做什麼？總不能一直站在這裡吧？」

「是的，我已經想好了。夫人，能不能請您陪我一下子？只要三十分鐘就好。」

「嗯，好吧。要去哪裡？」

「哎，交給我安排就好。我已經僱了車子，我們先上車再說。來，請上車。」

盲人抓著夫人的袖子，拉著她走向車邊。

黑暗之中，有輛轎車在等候。

「哎呀？瞎子三助還搭轎車，派頭真大啊！」

夫人心裡有些驚訝，但如今她已不再躊躇。她認定一個瞎子也不能拿她怎麼樣便搭上車子，隨後坐上車的瞎子對司機說：

「好，開車吧。」

他似乎已經事先吩咐過目的地，車子開始行駛。

三十來歲的美麗女人與醜陋的盲人——車子載著這對難以形容的奇妙組合，駛過深夜的大道，不知去向。

紫檀大腿

如此這般，接下來發生什麼事，各位讀者應該早就猜到了。珍珠夫人也被帶往那個擺著可怕人體雕刻的地下密室，極盡情慾之歡，這一點和過去的水木蘭子並沒有太大差異。

將人體的各個部位分門別類地集中在一塊，有的縮小尺寸、有的放大尺寸，浮雕於牆壁及地板的厚實木材之上——如此陰森古怪的密室光景，已經在前文詳細描述過。

在這個地下密室裡，盲獸與犧牲者的瘋狂捉迷藏、高達丈餘的巨大屁股溜滑梯、簇集的乳房牆壁、叢生的可怕手腳森林，以及裸男裸女的「瞎子摸魚」，也已經在蘭子那時候詳述過了。

因此，談到珍珠夫人的時候，就不必再複述一遍。他們上演了幾乎相同的狂態，進行了幾乎相同的對話，最後珍珠夫人也完全降伏於這隻可怕的盲獸跟前。

一旦得知對方已經完全屬於自己，便立刻失去興趣，斷然捨棄先前的執著，展露殺人魔的本性，在交歡之際傷害對方光滑細緻的肉體，看著犧牲品嘶喊並引以為樂，是盲獸的可怕習性。

此時，盲獸將僅穿一層薄紗的珍珠夫人放在紫檀打造的巨人大腿上，他則化為為愛痴狂的按摩師，來回撫摸夫人光滑細膩又富有彈力的肌膚。

沉溺於盲獸詭異魅力的珍珠夫人，倒在地板上巨大雕像的冰冷紫檀肌膚上，瞇起眼睛放鬆肌肉，任憑對方玩弄全身。

「像這樣撫摸妳的身體，總會讓我想起水木蘭子。」

盲人露出不可思議的笑容說道。

「哎呀，你老是提起水木蘭子，感覺很可疑呢。你是不是也把拐騙我的這一套，用在蘭子身上？」

珍珠夫人似乎是真的在吃醋。

「嗯，老實說，妳聽了可別驚訝，我曾經帶蘭子來過這裡。」

盲獸舔舐嘴唇，陰沉地告白。

「啊，果然如此，你居然撒謊騙我。那麼，你也和蘭子玩過這種遊戲囉？也這樣替她按摩過？」

「嗯，我是替她按了摩，而且也是在這個紫檀女巨人的大腿上。當時，蘭子也像現在的妳這樣躺著，任我搓揉。」

「哎呀，討厭。這麼說來，蘭子也躺在這個地方囉？」

「沒錯。妳可以聞聞紫檀，看看有沒有其他女人的氣味。我到現在還聞得到蘭子留下來的餘香呢。」

聞言，珍珠夫人毛骨悚然地弓起身子，嗅了嗅紫檀小山。

「啊，真的有，有一股討厭的洋妞騷味。哎呀，好恐怖。」

「哈哈哈哈！」盲人發出低沉的笑聲。「妳馬上就會知道比氣味更加恐怖的事了。」

「討厭，你別嚇我啊……剛才你說當時蘭子也和現在的我一樣，你說的『當時』是什麼時候？」

「蘭子被殺的時候。」

盲人並未停下撫摸夫人的手，語氣也絲毫未變。

「被殺的時候？」

夫人並未真正理解對方的意思，語氣依然滿不在乎。

「蘭子被殺的時候。」

「啊，這麼說來，你正好是在那個女人被殺之前帶她來這裡嗎？」

「沒錯，是在她被殺害之前，不然就不能同妳這般巫山雲雨。我們在這裡生活了將近半年，後來我膩了，再也忍不下去，便下定決心殺害蘭子。」

「咦？你再說一次，我好像聽錯了。你剛才說什麼？」

「我下定決心殺害蘭子。下定決心的時候，蘭子正好和現在的妳一樣躺著，而我也和現在一樣撫摸著她。」

「哇，好可怕。你在開玩笑吧？害我嚇了一跳。」

夫人轉過臉，邊偷窺盲人的表情，邊戰戰兢兢地說道。心跳的速度加快了。

「蘭子也是這麼說的：『你在開玩笑吧？』不過，我並不是在開玩笑。不知不覺間，那個女人的腰間就多了一條粗繩。」

盲人用閒話家常的語氣說著可怕的話語。也不知道是幾時準備的，他從身後拿出一條粗麻繩，迅速纏在珍珠夫人幾近裸體的腰間。

讀者也知道，他殺害水木蘭子的時候並未這麼做，這只是他讓對手心生恐懼的招數。他知道謊稱一切都和蘭子的情形一模一樣，能讓犧牲者嚇得膽顫心驚，而他正是想感受對方恐懼的模樣。他只想沉浸在美女恐懼欲狂的模樣帶來的無限快樂之中。

巨人的嘴巴

「不行！不行……」

夫人不斷掙扎，試圖解開嵌入腰間的繩結，露出膽顫心驚、淚中帶笑的表情。

「別嚇我。欸，你是在騙我吧？快說你是在騙我，不然……」

「呵呵呵呵呵！」盲獸開心地笑了。「真奇妙，蘭子也是這麼哀求我的，不過我沒有放過她，而是拔出暗藏的短刀，在她面前晃來晃去。」

此時相同的事發生，盲獸拔出亮晃晃的短刀，把冰冷的刀尖抵在珍珠夫人的脖子上。

夫人忍不住發出尖叫聲：「噫！」

果然是真的，這個可怕的瞎子是真的想殺死她。一思及此，夫人全身的血液彷彿因為過度恐懼而凍結。

「妳果然也一樣。瞧，全身的寒毛都倒豎了，就像拔光羽毛的雞一樣，起了雞皮疙瘩。蘭子也是這樣。不過，我並不討厭美女的雞皮疙瘩。」

盲獸說道，一臉欣喜地撫摸夫人起了雞皮疙瘩的身體。

珍珠夫人再也顧不得其他。她奮力撥開盲人的手，爬上巨人大腿溜滑梯，用怪異的姿勢跌跌撞撞地逃走。

然而，她雖然想逃卻逃不掉。因為盲獸為了預防她逃走，已經用麻繩綁住她，這條長長腰繩的一端便牢牢握在盲獸左手裡。

珍珠夫人如今只是隻耍猴戲的白色大猴子，然而，縱然徒勞無功，為了逃離盲獸的刀刃，她仍一會兒爬上木製的臀山，一會兒攀著橡膠製的乳房，一會兒撥開手腳森林，猶如一隻被野獸盯上的母羊，可憐兮兮地四處逃竄。

「來，快逃、快逃。哦，危險，好會跑喔！好，接下來爬到上頭去，逃進那個大嘴的洞穴裡。蘭子也是逃進那裡去。」

盲人握著繩子追趕夫人，嘴上不忘殘忍地吆喝著。

夫人「噫、噫」地發出近似奇妙笛聲的尖叫聲，宛若赤身裸體跳神樂舞一般，滑稽地手舞足蹈。說來不可思議，她竟照著盲人的暗示，來到房間盡頭的巨人嘴巴前。接著，她手腳並用地攀爬足足有一尺厚的嘴唇，跨越每顆牙齒都和棋盤一樣大的白色齒列，就像寄居蟹鑽進殼裡似地爬進巨人喉嚨。

然而，喉嚨的門早已被盲人關上，因此她爬不進深處。所謂「藏得了頭，藏不了尾」，珍珠夫人彎曲的雙腳及圓滾滾的屁股，從巨人的白齒之間隱約露出來。

「哈哈哈哈哈，妳現在是甕中之鱉啦！哈哈哈哈哈，害怕嗎？妳在發抖呢！來，感覺如何？或許會有點刺痛喔。」

盲獸帶著直要流下口水的喜悅，用狀似手術刀的短刀刀尖刺向夫人的腳與屁股。

每刺一刀，白皙皮膚便滲出美麗的紅色顏料。巨大喉嚨的深處，傳來駭人的「噫、噫」哀號聲。

女賊

小石川區的S町有間名叫絹屋的傳統和服店。

這家店以身為明治初年開業的老店為傲，鄙視百貨公司等新式營業型態。傳統的店鋪格局裡，掌櫃和小二都圍著圍兜、對著算盤，在鋪了榻榻米的店面伺候客人，可說是一間風格獨特的和服店。

某天晚上，一個膽大包天的女賊闖進這家店，而這件事和盲獸故事又有什麼關聯呢？各位讀者且聽筆者娓娓道來。

絹屋打烊以後，便拉下老式的大門，店員們在收拾完畢的店面裡打地鋪，從掌櫃到小二，全都是照著傳統方式休息。

夜深了，位於台地的寧靜小鎮一過十二點，大街上便杳無人跡，除了每隔三十分鐘便敲一次響板的更伕以外，四周鴉雀無聲。在現代的東京，符合「夜深人靜」四個字的恐怕只剩下這個地方。

店裡，大小鼾聲與小二的磨牙聲此起彼落，加深了夜晚的寧靜。

深夜兩點。

打從剛才開始，和服店的正面大門下方便一直有道窸窸窣窣的異樣聲音，但是熟睡的店員渾然不覺。

窸窣聲持續了約三十分鐘後，大門底下的地面多了個隧道般的洞穴，一個白色物體猶如昂首的蛇一般探出來。

傳統的和服店裡出現傳統的小偷，探出來的是小偷手腕，試圖打開大門的天地門。這個人不可能不知道店員們就睡在店裡，莫非是近來流行的那種兩人一組或三人一組的可怕攜械強盜？

一個小二邊嚼著嘴邊翻身，把腳跨在年輕掌櫃的肚子上。

正所謂因禍得福，多虧這個小二邋遢的睡相，讓掌櫃醒了過來。他睜開的眼睛正好朝著大門下方。

惺忪的睡眼映出異樣的光景，只見有個白色生物在大門底下蠢動。

「咦？是白色的狗嗎？不，不是，是白蘿蔔精？哈哈哈哈哈哈，我在作夢，這是夢、這是夢。」

掌櫃迷迷糊糊地暗想。

「不不，不是夢，我醒著。這麼說來，啊啊，不好了，是小偷，小偷正要闖進來！」

他終於明白了。

這名掌櫃捏了捏睡在身旁的另一個年輕掌櫃的手臂。

「噓、噓，別出聲。你看，你看那邊。」

他對著醒來的掌櫃一面使眼色一面說道。

「如果出聲大吼，他一定會逃走，這樣就沒意思了，我們把小偷活捉起來。」

血氣方剛的掌櫃用眼神商議著。己方人多勢眾，沒什麼好怕的。把那隻手抓住綁起來，搞不好報紙的社會版還會刊登照片，報導他們的英勇事蹟。一思及此，他們便摩拳擦掌，躍躍欲試。

兩人商議完後，準備了一條堅固的細繩，躡手躡腳地走向大門。

渾然不覺的駑鈍手腕依然侷促地跳著滑稽的舞蹈。

話說回來，這隻手臂為何如此慘白？

一、二、三。

兩隻青蛙撲向獵物。

「好，抓住了。畜生，我絕不會鬆手！快，細繩！細繩！」

轉眼間，手腕便被五花大綁。其中一個掌櫃將細繩的繩頭纏在手臂上使勁拉扯，被喧鬧聲吵醒的小二們也在一旁起鬨吆喝。

「喂，先派人稟報老爺，再打電話報警，說我們活捉了強盜，請他們立刻過來。」

對於生活單調乏味的年輕人而言，這是再有趣不過的遊戲。可悲的小偷在門外死命掙扎，贏家則因為立下大功而歡天喜地。

「喂，小偷，越掙扎只是讓繩子勒得越緊而已，你死心吧！警察馬上就要來了，再忍耐一會兒吧！」

然而，小偷一聲不吭，保持可怕的沉默，唯有被綁住的手腕依然瘋狂地跳著舞。

過了不久，跳累的手腕軟綿綿地躺下來，而外頭不知道在做些什麼，傳來一陣窸窸窣窣的聲音。

「小偷好像死心了……不過，奇怪……哎呀？哎呀……」

用力拉住的細繩回到手邊，莫非是繩結鬆脫？不，不是，手腕仍然被牢牢綁著。繩子和手腕一起被拉到這一頭來。

「哇……」

難以言喻的叫聲從眾人的口中迸出。
手腕無限往這一頭延伸——只有手腕，另一頭沒有身體。
「啊，血！是血！」
小二發出哀號聲。
從上臂砍斷的切口淌著血絲。
「好樣的。」
某人尖聲叫道。
小偷為了脫身，居然自斷手臂，拖著一路滴血的傷口逃亡。
這是多麼當機立斷、多麼膽識過人的行徑啊！
起先的兩個掌櫃臉色發青，雙唇不住抖動。
「太可怕了。這麼凶狠的壞蛋肯就此善罷干休嗎？以後該不會來報仇吧？我們把他害得這麼慘，他說不定會要了我們的命。」
一思及此，眾人嚇得魂飛魄散。
「喂，這不是男人，而是滑溜溜的女人手臂啊。你們看，手指這麼細。」
其中一個掌櫃察覺這件事。

原來如此，確實是女人的手臂。這麼說來，那是個女賊囉？一個女人居然能夠如此當機立斷？

眾人默然無語，深陷於難以言喻的無助與恐懼之中。

古怪按摩師

「自斷手臂逃亡的大膽女賊」報導，占據了隔天的報紙版面，讀完這篇報導的人無不嚇得渾身打顫。想當然耳，警察也使盡一切手段尋找這隻手臂的主人，但是女賊始終不見蹤影。更令人驚訝的是，案發隔天，竊賊又故技重施，企圖入侵大森的某間當舖，並引發了與絹屋和服店相同的慘劇。

事後得知，當晚，女賊使用挖土伸手的老方法，試圖闖入大森的三間店舖，但是全都因為家人聲張而未能達成目的，並在最後盯上的當舖重蹈先前的覆轍。

這間當舖的年輕掌櫃似乎不知道絹屋的事件，同樣用繩子綁住入侵屋裡的手腕，而女賊也同樣自斷手腕逃走。留在絹屋的是右手腕，留在當舖的則是左手腕，兩者都是柔軟的女人手臂，而且已經證實是屬於同一個人。

「那名女賊入侵當舖的時候已經沒有右手了，大家都在說，一定是另外有同夥砍斷她的左手臂。」

絹屋和服店的裡間，店主一面讓按摩師按摩肩膀，一面看著報紙，談論女賊的話題。

「這麼說來，這個女賊的雙手都斷了，變得和那個叫妻吉（註14）的藝妓一樣嗎？」

按摩師瞪著白眼附和。

「嗯，實在太可怕了，居然有這麼猖狂的人。而且最讓人驚訝的是，她是在入侵我家、失去右手的隔天跑去大森做案。換成一般人，這時候應該正因為傷口疼痛而發燒呻吟啊。真是恐怖的女人。」

「是啊，簡直不是人。還沒抓到她嗎？」

「嗯，聽說半點線索也沒有。」

「真可怕。像我們這種窮人是用不著擔心，但是像您這樣的有錢人，這陣子可鬆懈不得啊。」

按摩師用手肘搓揉店主的肩膀，不知何故露出了詭異的獰笑。

「你住在附近嗎？我好像是頭一次看見你。」

「不，我是從外地來的。現在不景氣，只能像這樣吹著笛子四處攬客，混口飯吃。嘿嘿嘿嘿嘿！」

片刻過後。

「啊，你等我一下，我去解個手。」

說著，店主站起來，走向簷廊。

「是、是，您慢慢來。」

按摩師用諂媚的口吻送店主離去後，便悄然滑向背後的櫃子拉開抽屜，迅速拿出裡頭的某樣東西塞入懷中，接著又關上抽屜、衝回原位，若無其事地折起指頭。

剛才下人捧著一大筆錢進來，收進那個抽屜裡。雖然他的眼睛看不見，卻靠著敏銳的直覺記得一清二楚。

盲獸大多是靠著這種手法籌措他的犯罪資金。假冒按摩師的他，藉由這次的造訪確認了珍珠夫人斷肢的展示效果，同時也達成籌措資金的目的。

其實根本沒有什麼女賊，只有兩隻血淋淋的手臂，盲獸卻搬演了這齣大戲，宛若那真的是女賊的手臂一般，把整個社會鬧得沸沸揚揚。

註14／ 堀江六人斬事件的倖存者，被發狂的養父中川萬次郎斬斷了雙臂。

一如往例，這全是出於盲獸凶惡殘忍的虛榮心。

不消說，這兩隻手臂是來自珍珠夫人的屍體。被警方當成女賊的手臂泡在酒精裡保管的，正是可憐珍珠夫人的兩隻手臂。

玩沙

大森事件的兩、三天後，舞台轉移至鎌倉由井濱的海岸。

當天天氣極為悶熱，雖然尚值六月半，但海邊已經擠滿迫不及待的戲水遊客。色彩繽紛的遮陽傘在沙灘上化成五色香菇，環肥燕瘦、白皙黝黑的各種肉塊或躺或坐，有的游泳，有的奔跑，有的舞動，有的跳躍。

也有人忙著玩沙。被小孩埋在沙裡，樂呵呵的父親；在情人的腳上築起沙山，開心拍打的年輕人；在沙灘上描繪巨大的裸體臥婦，欣賞女體曲線的淘氣鬼。這些玩沙的人群中，有個身穿紅白條紋泳裝的奇妙盲人，格外引人注目。

打從一大清早海邊尚無人跡時，他便已經在玩沙；玩了一整天，直至夕陽西斜，遊客紛紛踏上歸途，他依然留在海邊。

這個醜陋的盲人也有情人，而且是個美麗至極的情人。

盲人躺在脖子以下全埋在沙中的美人身旁，與她談天說笑。女人的美麗身軀埋在沙子裡，只露出頭顱與腳，邊扭動腳尖邊咯咯嬌笑。

「感情真好。那個瞎子一定很有錢。」

「只要有錢，瞎子也能帶著美女來海邊玩。畜生！」

幾個不良青年在一旁竊竊私語。

到了傍晚，海灘上的香菇逐漸減少，肉塊三三兩兩地自我打包，踏上歸途。

盲人也在不知不覺間消失無蹤，一望無際的黃昏沙灘上只剩下三個人，其中兩人是沉浸於有生以來的首次約會中而戀戀不捨的年輕男女。

他們身穿泳衣，並坐在小丘上，忘情地談天說地。

「啊，其他人都不見了，太陽快下山了。」

少女猛省過來，如此驚叫。

「一到傍晚，大家都走光啦。不過，待會兒後面的商店會亮起燈，到時候沙灘又會熱鬧起來。」

青年悠哉地回答。

「哎呀，好冷清喔！只剩下我們兩個。」

「嗯。不過，還有一個人。」

「在哪裡？」
「妳瞧，就在沙灘的那一頭。」
「啊，那個人埋在沙子裡，是風濕病療法嗎？」
「怎麼可能？這樣風濕病反而會變得加倍嚴重。」
「不然是在苦行嗎？還是想自殺？」
「嗯，說不定。我從白天就開始留意，那個人一直埋在沙子裡，有點奇怪。」
「我們叫叫看好了。喂～喂！」
「喂～」
「這麼泰然自若，該不會是聾子吧？」
「別說笑了，我有點擔心呢。喂，過去看看吧，鐵定是出了什麼事。」
兩人抬起沾滿沙子的屁股，一同拔足疾奔。
埋在沙子裡的是與盲人結伴前來的美女。她依然浸在沙中，只有腳露出來。年輕男女在她的面前停下腳步，觀察著女子。
「瞧，她在睡覺，睡得又香又甜……可是，奇怪，這個女人的個頭怎麼大得跟妖怪一樣？她的腳在那裡，這樣目測起來，身高足足有七尺。喂，天啊，這個人居然有七尺長！」

「呀！」

女孩嚇得拔腿就跑。

這是黃昏海灘怪談。

「傻瓜，又不會把妳抓來吃掉。話說回來，感覺起來的確怪恐怖的。喂、喂，妳會感冒的，快起來……咦？不得了，這傢伙是死人！」

這下子連青年也巴不得逃之夭夭。

「欸，怎麼回事？」

女孩從遠處呼喚。

「快去叫人來！不好了，她死了！」

女孩聞聲，立刻跑向商店呼救。

首先趕來的是三、四個健壯的海灘青年。

「是哪裡的人啊？長得很漂亮啊。」

「總之先挖出來替她包紮，應該還沒斷氣吧？」

於是乎，眾人開始分頭挖沙；轉眼間，死美人的頭腳之間多出好幾個洞。

挖著挖著，一股難以名狀的恐懼感開始侵襲眾人，因為他們已經挖了許久，卻沒挖到任何東西。

其中有個人忍無可忍，突然大叫一聲：「呃啊！」往後跳開。

沙子裡空空如也。這個死美人沒有身體。雖然有頭有腳，中間卻是空的。

眾人宛若被澆了桶冷水，有的跳開，有的愣在原地。倘若此時有人尖叫逃走，其餘的人想必也會一同作鳥獸散。

不過，在他們逃走之前，第二批人趕到了，是住在海邊的年輕人。

年輕人伸手一推，美麗的頭顱便在沙地上滾動，露出慘不忍睹的切口。頸骨從濁黑色的肉塊之間探出頭來，看起來煞是嚇人；而雙腳也是一拉即出，是從膝蓋切斷的。

「怪不得，我就覺得這個女人的個頭未免太高大。若用這種手法，身體要有多長就能有多長啊。」

黃昏的海邊一反剛才的冷清，轉眼間變得人山人海。

「凶殺案！是凶殺案！」

恐懼的聲音騷然湧現於群眾之間。

寡婦俱樂部

東京市內有幾百個正經或淫蕩的寡婦俱樂部，而美人寡婦大內麗子加入的小俱樂部，即是屬於後者的極端俱樂部。

會員從最年長的四十歲，到最年少二十五歲的麗子，共有四人。她們在赤坂區租了間屋子，每個月定期舉辦兩次的祕密聚會。

今晚也有聚會，四個精力旺盛的寡婦圍坐在關得密不透風的二樓廂房裡，耽溺於奇異的悄悄話。時值初秋，距離前一章的海岸頭顱事件已經過了兩個月。

「那個瞎子三助究竟是個什麼樣的男人啊？」

最年少的寡婦大內麗子問道。四人之中，只有她身穿洋裝。她是個十分適合這種時髦造型的新時代美人。

「要是妳看見了，一定會渾身發毛。」

四十歲的松崎寡婦留著烏黑的短髮，抹了白粉的慘白臉龐露出誇張的表情說道。

「他長得很醜嗎？」

「嗯，倒也不是美醜的問題，而是很恐怖。我曾經在上野動物園看過那種臉，不是老虎或獅子，而是更小、更陰險下流的野獸，我忘了叫什麼名字，總之和那種野獸很像。」

「不過，他應該有什麼過人之處吧？所以妳今晚才會特地介紹給我們認識。」

年約三十五、六歲，留著西式髮型，身材高挑、臉色紅潤的下田寡婦插嘴。

「那還用說？」

這個女人一把年紀，卻老是得意洋洋地使用幼稚的不良用語說話。

「就是因為太有名了，我才特地跑去那間澡堂。」

「搭車去的？」

「是啊，累死我了，哈哈哈哈哈。後來輪到我，瞎子三助才剛抓住我的肩膀，就讓我大吃一驚。他的按摩技術真的非常高超，很難用口頭說明。」

「呵呵呵呵，瞧妳的眼睛都瞇起來了！」

「是啊，真教人忍不住瞇眼。總之，他的指上功夫確實很厲害。」

在她們談話間，瞎子三助到了，她們吩咐下人立刻帶他過來。等候片刻之後，便聽見一陣響徹體內的樓梯咿軋聲，隨即有個盲眼的醜陋怪物打開紙門，探出頭來。

初次見到瞎子三助的三個寡婦，懷著略微興奮的心情望著這個可貴的盲人，渾然不知他是一隻殘虐無道的盲獸。

「辛苦了。這裡除了我以外，還有三位年輕女士。我跟她們提起你，她們說也想請你按摩，已經引頸期盼很久啦。」

松崎寡婦說道，盲人跨入門檻笑說：

「哦，謝謝。替女士按摩是我的興趣，當初我也是毛遂自薦去那間澡堂工作的。各位願意讓我按摩，我自然再高興不過，嘿嘿嘿嘿嘿嘿！」

「現在可以立刻開始嗎？」

「當然，隨時可以開始，我的手指已經在發癢啦。」

聞言，三個寡婦不禁驚叫：「哎呀！」她們面面相覷，微微紅了臉。

「妳先來吧？」

松崎寡婦說道，下田寡婦略微靦腆地回答：「好吧。」

她換上浴衣，在事先鋪好的被褥上躺下來。居然在眾目睽睽之下讓人按摩自己豐滿的臀部，說來這個寡婦也真是大膽。

盲人褪去半身衣服，跪在坐墊上，駕輕就熟地按摩起來。

「這個力道如何？」

盲人的手指如蜈蚣腳般動個不停，從肩膀到背部，從背部到腰間，從腰間到屁股，從屁股到大腿，時而往下、時而往上地搓揉三十五歲的豐滿寡婦，並用因為手臂躍動而微微打顫的聲音詢問。

「嗯，剛剛好，我喜歡用力一點。」

聞言，盲人鼓起鼻翼，嘴角上揚，更加使勁搓揉。在像柔軟的白色動物一樣四處爬動的十根手指下，下田寡婦的肉塊宛如巨大的水枕一般搖盪。

「恕我冒昧，夫人，雖然我看不見您的臉，不過您的身體實在很美。像您這樣的肉感很少見呢。」

盲人恭維，下田寡婦開心地反問：

「是嗎？用手摸得出一個人美不美？」

「嘿嘿嘿嘿嘿，當然。不過，我們瞎子所說的美和一般人認為的美並不一樣。我是靠著手指看事物，看到的是黑暗世界的美，和一般人所說的美完全不同。您能理解嗎？」

「哦，這樣啊。原來如此，用手指探索的美或許真的是種截然不同的美吧。」

接著，盲獸使盡渾身解數，用他柔韌的指尖把下田夫人伺候得滿面紅暈，額頭冒汗，樂不可支。接著，輪到最年少的寡婦大內麗子。

「怎麼樣？在你的手指看來，她美不美？」

待麗子像個悲慘的活祭品一樣在被褥上躺平後，松崎大夫人便直接了當地問。

只見盲人宛如正要動筷品嘗美食，一面舔舐嘴唇，一面用靈活的十根指頭撫摸麗子的背部後回答：

「哎呀，這是我追尋已久的身體。沒錯，簡直美得嚇人。老實說，這麼美好的身體，我有生以來只遇過三次。嘿嘿嘿嘿嘿嘿，想必您的臉蛋也生得非常美麗。」

這番話似乎不是恭維，最好的證據是按摩師的臉色微微發青、眉頭緊蹙，連呼吸都變得急促，彷彿大為震驚。

「你說對了，按摩師，她是個連我們女人看了都會著迷的美女。不管是臉蛋、肌膚或年紀，都和少女一樣年輕。」

回答的依然是松崎大夫人。

「嘿嘿嘿嘿嘿，是嗎？我真有福氣。」

盲人笑得合不攏嘴，開始按摩。

「說到這個，你說這是你有生以來遇過的第三次，那麼其他兩次是什麼樣的人？」

下田寡婦好奇地問。

「哎，還是別說了吧。要是我說了，害得這位女士心裡不舒服，那可就不好。」

「不，沒關係，你說說看，我也想聽。」

麗子也跟著催促，一雙大腿在盲人的指頭下扭動。

「是嗎？聽了以後若是後悔，我可不負責啊。」

盲人故意賣關子。

「哎，你真會吊人胃口，我更想聽了。快說嘛！說來聽聽啊！」

大夫人也在一旁幫腔。

「那我就說了。」

盲人露出詭異的獰笑，娓娓道來。

「聽了以後可別嚇著，一個是水木蘭子。各位知道嗎？就是淺草的歌舞團舞孃。另一個是俗稱『珍珠夫人』的『珍珠咖啡廳』女老闆。」

在座的眾人剎時靜默下來。

「哎呀，你是說真的嗎？」

松崎寡婦輕聲問道。

「看吧，我就知道會嚇著妳們，因為那兩人都是被肢解的凶殺案被害者。」

厚顏無恥的盲獸泰然自若地說道。

「是啊，我們也曉得。聽說那個可怕的凶手到現在還沒落網？」

「沒錯，還沒落網。光靠現在警察的本事，恐怕很難啦。」

盲獸大言不慚地說道。

「你的意思是，我的身體和她們很像？」

麗子膽顫心驚地問。

「嘿嘿嘿嘿嘿！您害怕了，對吧？皮肉都緊繃起來，起了雞皮疙瘩。」

盲獸直接撫摸麗子的上臂。

「沒錯，很像。比起蘭子，您更接近珍珠夫人，但您的皮膚比珍珠夫人更加光滑、更有彈性。嘿嘿嘿嘿嘿！」

「啊，討厭，我該不會也遇上那種事吧？」

「嘿嘿嘿嘿嘿嘿！您要多加留意。您的身體如此美麗，太危險了。」

「你是怎麼認識她們的？一樣是被她們請去按摩嗎？」

「是啊，我替她們按摩過。她們是我的常客。」

「那你的心裡肯定也不好受吧？兩個常客都遇上這種慘事。」

「嘿嘿嘿嘿嘿嘿嘿嘿！」

盲獸露出曖昧的笑容。

橡膠人偶

某一天，四人組之一的下田寡婦前往大內麗子家拜訪。在那之後，俱樂部成員又聚了兩次會，但麗子完全沒有露臉。下田寡婦相當擔心，因此登門造訪。

「啊，歡迎，好久沒和大家見面了。」

「怎麼了？妳是找到什麼其他的好去處嗎？」

「是啊，我有好多話想跟妳說。在這裡不方便說話，請到別館來吧，我要介紹一個人給妳認識。」

「哎呀，有其他客人？」

「嗯，可以這麼說，不過她不會介意的。來，走這邊。」

麗子在前頭帶路，打開西式別館的大門。仔細一看，有個年輕的洋裝婦人規規矩矩地坐在偌大的桌子前。

「哎呀，等等，坐在那兒的是妳的姊妹嗎？」

下田寡婦在走廊上拉住麗子，輕聲詢問。

「嗯，可以這麼說。」

聞言，下田寡婦擺出客氣的表情，裝模作樣地走進屋裡。然而，對方並未起身，依然坐著不動。

「妳怎麼不替我介紹呢？」

下田夫人小聲催促麗子。

「好，我這就替妳介紹，這位是大內麗子小姐。」

說著，麗子走到洋裝婦人身旁，敲了敲她的腦袋。

「哈哈哈哈哈！這是橡膠人偶。做得很精巧吧？她是麗子二世。」

「哎，妳真是的，害我一本正經。話說回來，做得好逼真啊，和妳一模一樣。妳要這個人偶做什麼？和她聊天玩耍嗎？」

下田夫人露出促狹的笑容。

「妳老是這樣，一下子就扯到這方面來。我又不是妳，沒有玩人偶的嗜好。」

「呵呵呵呵，真的嗎？」

下田夫人笑著環顧室內，突然收起笑容，轉為非常恐懼的表情，用幾近尖叫的聲音說道：「那、那個，麗子，那個是什麼？」

她一面尖叫，一面戰戰兢兢地指向房間某處。

也難怪下田夫人吃驚，仔細一看，昏暗的牆上竟然懸著一個咬牙切齒、充滿恨意的女人頭顱。不，不只如此，底下的木板地上還有被悽慘砍下的四隻蒼白手腳，看起來猶如滾落在地的白蘿蔔。

「哈哈哈哈哈哈哈！」

麗子笑得花枝亂顫，紅色嘴巴宛若美麗的食人鬼陰森可怕。

「這也是橡膠人偶，照著我的手腳製作的，形狀一模一樣，看起來就像真的。妳瞧。」

麗子掀起裙子，一面展示光滑的小腿一面說道。

「哎，嚇我一大跳。妳也真惡劣，訂做這麼噁心的東西，究竟想做什麼？」

麗子並未回答，而是換了個話題。

「下田夫人，妳回頭看看妳倚著的擺飾。」

「咦？哪個？」

下田夫人漫不經心地回過頭，看見台上擺著的某樣物品，不禁嚇得尖聲大叫，還跳了起來。

有個高約兩尺、圓滾滾又軟綿綿的蒼白物體放在台上，乍看是個奇形怪狀的不明物體，然而仔細一看，竟是沒有頭顱與手腳的死人身軀。

「哎呀，這也是橡膠製的？」

「嗯，是啊，沒什麼好怕的。」

聽聞是橡膠製品，下田夫人這才放下心走到身體旁，用指尖戳了戳肚臍一帶。只見橡膠身體的腹部宛若真人的肌膚，每戳一次都會形成深深的凹陷。

「哎呀，好噁心，軟綿綿的。話說回來，妳訂做這種人偶，甚至連手腳、身體、頭顱都有，到底想做什麼？就算妳是俱樂部裡的怪胎，這也未免太過火了吧？」

「關於這一點，我有話要跟妳說。來，先坐下來吧。」

麗子向下田夫人勸座，兩人夾著麗子二世人偶相對而坐。

「是關於前一陣子的瞎子三助。」

麗子娓娓道來。

「其實，後來我又跟那個按摩師見了幾次面。」

「哎呀，看來妳很中意他啊，呵呵呵呵呵！」

下田夫人發出淫蕩的笑聲。

「嗯，中意是中意，不過，隨著按摩次數增多，我漸漸地害怕起來。那個瞎子不是普通人，只要他在身邊，我就背上發涼、直起雞皮疙瘩，而他會說：『妳害怕嗎？瞧，妳都起雞皮疙瘩了。』並像上次那樣撫摸我的身體。」

「嗯、嗯。」

中年的下田夫人探出身子，催促麗子說下去。對這位夫人而言，恐怖和淫蕩擁有同等吸引人的魅力。

「這只是我的妄想，沒有任何證據，不過，我總覺得一定沒錯。妳也聽過第六感這個字眼吧？我就是靠著第六感得知的。」

「哎呀，得知什麼？」

「不久後，我會被殺掉，手腳全被砍下來。」

「哎呀！討厭，別嚇我。」

「不，這不是在嚇妳，我真的知道。」

「是誰要殺妳？妳也知道嗎？」

「嗯，我知道，凶手就是那個可怕的瞎子三助。他確實虎視眈眈地想把我變成第三號犧牲者。」

「第三號？」

「對。第一號是水木蘭子，第二號是珍珠夫人，第三號就是大內麗子。」

「咦？咦？這麼說來，妳認為那個瞎子就是轟動社會的殺人狂？哎呀，妳是不是哪根筋不對勁？一個瞎子哪有那麼大的本事？」

下田夫人啼笑皆非地凝視麗子的美麗臉龐。

妖女對盲獸

「世人就是都跟妳一樣老實，才會認定瞎子不可能犯案。那個奸詐狡猾的瞎子便是利用了這一點。這種犯罪看起來風險很大，其實安全得很。」

麗子得意洋洋地闡述。

「哦？是嗎？我還是覺得難以置信。那麼，妳打算怎麼做？要報警嗎？」

「嗯，當然，最後勢必得借助警察的力量，不過在那之前，我想先玩弄他一下。」

「哎呀，妳要玩弄他？別這樣，萬一出事怎麼辦？」

「唉，沒想到妳會說出這麼懦弱的話。這樣才叫冒險啊！不玩點把戲實在太無聊。」

「這可是玩命啊！」

「嗯，沒錯，正因為是玩命，所以才有意思。絕對安全的冒險，那還叫冒險嗎？」

「對手可是殺人狂啊！」

下田夫人皺起眉頭，為這個年少夫人的魯莽冒險而憂心。

「嗯，我知道。如果我是男人，早就去滿州打仗了。『搏命一戰』這個詞實在太棒了。我很強悍吧？」

「哎呀呀！」下田夫人啼笑皆非。「那妳有什麼計謀？」

「就是這個人偶，我要用她來當我的替身。」

麗子自豪地說。

「呵呵呵呵，妳果然還年輕，不懂事。就算他是瞎子，怎麼可能分不清人類的肌膚和橡膠人偶？妳以為他會上這種當嗎？」

下田夫人笑說。

「就知道妳會這麼說。我是有計謀的。我打算和他一起去喝酒，並會準備很烈的洋酒設法灌醉他，再把替身人偶拿出來。這時候對方已經醉得神智不清，哪還分得出冰冷的橡膠人偶？雖然和真人的肌膚不同，可是形狀完全相同，彈力也和人肉很相像；非但如此，說了妳可別嚇到，那個人偶砍了是會冒血的，只是必須砍得深一點才行。人偶全身布有橡膠管，裡頭裝著黏答答的狗血，只差沒有寒毛和毛孔而已。如何？對手是個完全看不見的醉漢，妳不覺得這樣應該行得通嗎？」

麗子滔滔不絕地說道，下田夫人也忍不住佩服起來。

「仔細一聽，原來妳想得很周到嘛。對手是喝醉的瞎子，或許行得通。不過，要是有個閃失，妳可就沒命了。」

「對，不過我就是喜歡玩命。」

麗子像個被寵壞的孩子，滿不在乎地回答。

「我也想看看那個場面。妳決定實行計畫的時候，能不能讓我們這些俱樂部的會員一起觀賞？最好是選在可以偷看的地點。」

「我知道，我也希望妳們一起觀賞。這麼棒的把戲只有我一個人欣賞，未免太浪費了。等到日期和地點決定好以後，我會通知大家的。我已經選好地點了。」

之後，兩個妖女又繼續商議瑣碎的細節。

裸女虐殺

當晚，麗子寡婦邀請盲獸瞎子三助來到家中。她屏退旁人，將瞎子三助帶往自己的房間。

盲獸一如往常，舔著嘴唇替她按摩。過了片刻，麗子若無其事地開口說道：

「欸，按摩師，我不敢像松崎夫人那樣去澡堂請你按摩，不過，趁著泡完熱水、身體變軟的時候按摩，感覺一定很舒服吧？」

這番話正中按摩師的下懷，他瞇起眼睛回答：

「嘿嘿嘿嘿嘿！是啊，和現在這樣按摩的感覺可說是天差地遠。」

「我有個好點子。」麗子輕聲說道：「若在我家浴室按摩，我怕女傭誤會，左思右想後，突然想到一個好辦法。我在鴨巢邊緣有一棟冷清的獨棟房屋，現在無人居住。那棟房子的浴室很氣派，我派人去打掃乾淨，我們悄悄過去，自己燒水洗澡，如何？這樣你就可以在浴室裡盡情替我按摩。」

在無人的空屋浴室裡盡情按摩，這是多麼求之不得的提議啊！

「當然好。在這種安靜的地方，我也能大展身手。」

瞎子喜形於色，立刻應允。

於是，兩人約好日期，並決定當天一同搭車前往，接著麗子便讓按摩師回去。隔天，她與俱樂部成員舉行臨時聚會，商討如何偷窺。

「我先帶著按摩師過去，把他灌醉，帶他進浴室裡。起先，我會真的讓他替我按摩，等時機成熟，也就是他已經夠興奮以後，再替換成我事先準備的人偶，而我則是離開浴室，在外頭的暗處偷窺，這時候妳們再過來。因為讓妳們看見我在浴室裡給人按摩的模樣，我會不好意思。

拜託妳們先在庭院的竹門外等著，聽到貓頭鷹的叫聲再進來。我有個能發出貓頭鷹叫聲的玩具笛子，就是這個，我吹給妳們聽……『呴、呴、呴』這個聲音就是暗號。

到時候，妳們便躡手躡腳走進來，當然，千萬不要竊竊私語。這是浴室外的平面圖，妳們照著這張圖來到我偷窺的地方就行了。就算妳們來，我也不會吭聲。

然後，在我左側相隔一尺的地方有三個偷窺孔，浴室的光線會從孔裡透出來，一看就知道。妳們別說話，依照順序並排偷窺。這個時候裡頭的好戲應該已經上演了。明白嗎？」

不消說，三個會員都同意麗子的要求。雖然她們已經老大不小，卻仍然為了強烈的期待而興奮不已。

如此這般，終於到了約定的當晚。三個年長的寡婦在約好的時間搭車來到麗子所說的冷清巢鴨宅院附近之後，便棄車步行，摸黑潛入宅院中，在竹門邊等待暗號響起。

宛若蝙蝠展翅的巨大主屋背對著星空矗立，只有主屋角落的某扇小窗戶模模糊糊地透出燈光，想必那就是浴室。

環顧四周，確實是適合進行這類活動的冷清場所。而且附近有森林，就算別人聽見貓頭鷹叫聲的暗號，也絕不會起疑。

黑暗中，三人滿心期待地等候。貓頭鷹的叫聲比預料中更快響起，「咰、咰、咰」地叫了三聲。

三名寡婦默默地踮起腳尖，宛若玩「老鷹抓小雞」似地排成一列，戰戰兢兢地朝著燈光邁進。

靠近一看，那裡果然是浴室，氣派寬敞的格局用在私人宅院裡簡直有些浪費。

她們繞到屋子背面的暗處，藉著星光細看，只見麗子果然在那裡。她身子半蹲，臉蛋抵著木板牆，全神貫注地偷窺。

透出光線的三個偷窺孔並排於眼前，根本用不著尋找。三個寡婦照著事先說好的順序，默默把眼睛湊到偷窺孔前。

對於已經適應黑暗的眼睛而言，室內的昏暗燈光仍然稍嫌刺眼。朦朧的霧氣中傳來物體蠢動的氣息，定睛細看，只見霧氣逐漸散去，驚人的光景隨之浮現。

浴缸位於另一頭，前方是鋪著白色磁磚的浴場，橫躺在浴場的正是麗子的替身橡膠人偶。赤身裸體、仰躺在地的模樣，怎麼瞧都像是真正的麗子，製作得十分精巧。

醜怪的盲人騎在麗子的橡膠人偶上，雙手緊緊勒住人偶的頸子，正是勒殺裸女的可怕光景。即使知道是人偶，眾人見到這幅逼真的光景，依然忍不住撇開視線。然而，越害怕越想看的心理，促使她們再度戰戰兢兢地把臉湊向偷窺孔。

毛蟲滾啊滾

接下來半個鐘頭的光景既恐怖又令人不快，不宜在此記述。總之，半個鐘頭過去後，被勒殺、折磨、受盡侮辱的麗子人偶宛若物體一般，悽慘地橫躺在地。

赤裸的盲獸蹲在犧牲者腳邊，用口齒不清的酒醉口吻對著屍骸說話。

「麗子小姐，好勝的美人寡婦怎麼這麼快就投降了呢？嘿嘿嘿嘿嘿，我這就照您的希望，進行最後的按摩吧，按起來非常舒服的。」

說著，怪物拿起一旁備好的大把魚刀，開始製作令人毛骨悚然的人肉料理。

轉眼間，頭顱、手腳都被砍下，滾落在地。每當他砍下一刀，黑色的血液便宛若自幫浦灑出般，從切口噴出來。

盲獸用指尖搓揉切口。

「嘿嘿嘿嘿嘿，血！是血！令人懷念的血腥味。」

他像個攪拌調色盤的嬰兒，開心得手舞足蹈。

然而，外頭的觀眾知道麗子設下的機關，因此看見血液飛濺並未吃驚。她們知道那只是野狗的血。

真可憐，明明只是個橡膠人偶，醉醺醺的瞎子三助卻砍得那麼開心。就算橡膠人偶裡頭裝著類似骨骼的堅硬芯棒，從砍斷時的手感，應該判斷得出那不是真人吧？看來饒是惡魔，黃湯下肚之後也不過如此而已——她們恨不得大聲嘲笑盲人。

盲人像丟皮球一樣，把砍下的肢體一一往上拋，扔進浴缸裡。

盲人完全不知道漂浮在浴缸裡的，除了他剛剛肢解的橡膠人偶以外，還有麗子事先備好的橡膠製肢體。這些肢體和盲人扔進來的肢體合起來，便是兩人份的頭顱、手、腳和身體，宛若洗番薯一樣擠滿整個浴缸，在水中浮浮沉沉。這幅光景過於可怕，反而令人感到滑稽。

浴缸裡的熱水被血液染得一片通紅，為血瘋狂的盲獸撲通一聲跳進浴缸裡，紅色的水沫在燈光照耀下炫目地飛濺開來。

「嘿嘿嘿嘿嘿，世人竟然不識這種血腥黏稠的屍骸澡之樂，實在太可憐了。嘿嘿嘿嘿嘿，啊，真是太棒了，全身忍不住打顫，心臟活像被緊緊揪住一樣。」

盲獸大聲呼喊，怡然自得地享受肢解的人偶不時撞擊肌膚的感覺。不久，他把這些手腳和頭顱從熱水中撈出來，往浴場砸去。

接著，因為酒醉與勞動而疲憊不堪的盲獸爬出浴缸，撲向在磁磚上滑動的肢體小山。

「嘿嘿嘿嘿嘿，毛蟲滾啊滾！毛蟲滾啊滾！嘿嘿嘿嘿！」

他唱著不明的歌曲，在肢體小山裡滾來滾去，宛若一隻真正的瀕死毛蟲。

偷窺孔外的寡婦們不忍正視這幅醜惡的光景。就算那是橡膠人偶的肢體，這種刺激實在太過強烈，饒是這群勇者也招架不住。

首先是松崎寡婦用手肘頂了頂身旁的人，提議打道回府，這個人又向身旁的人示意。兩個寡婦離開木板牆，打直腰桿準備離去。

然而，唯有今晚的主辦人麗子，似乎因為自己飽受折磨的模樣而怒火攻心，就像石像一樣緊黏著木板牆，一動也不動。

「哎呀！」松崎寡婦啼笑皆非地把手放在麗子背上，靜靜地搖晃她。

搖晃兩、三次以後，松崎大夫人的呼吸整個變了，顯得大為震驚。

「麗子的身體就像冰塊一樣冷。」

她過於吃驚，打破了禁忌，細若蚊聲地說道。

其餘兩人也大吃一驚，來到麗子身旁。下田夫人在麗子耳邊輕聲呼喚「麗子」，並推了推她的肩膀。

只見不可思議的事發生了。麗子的身體宛若棒子被推倒般在地上滾動，彈跳了兩次。人類不會像皮球那樣彈跳。眾人覺得奇怪，藉著星光細看，只見麗子的臉色宛若死人般土灰，或者該說呈現橡膠般的灰色。

寡婦們宛若被狐狸的戲法捉弄，茫然呆立。

鎌倉火腿大拍賣

從偷窺孔享受偷窺之樂的麗子被松崎寡婦一推，便像棒子一樣倒在地上，又像皮球一樣彈跳了兩、三次。因為她並非人類，而是橡膠人偶。

既然在外偷窺的麗子是橡膠人偶，莫非浴室裡被肢解成數塊，又被盲獸玩「毛蟲滾啊滾」的橡膠人偶——她們一直以為是橡膠人偶——才是真正的麗子？沒錯，只有這個可能。

三個寡婦忍不住發出地獄亡者般的哀號聲：「哇啊啊啊啊啊啊！」跌跌撞撞地跑過烏漆墨黑的庭院，奔向正門。盲獸的手說不定會在下一秒抓住自己的後頸，她們猶如驚弓之鳥拚命逃跑。

也不知道是不是察覺到逃之夭夭的寡婦們的動靜，浴室裡突然爆出一陣猶如野獸吼叫的駭人笑聲。盲獸正在嘲笑這些賣弄小聰明的明眼人。

「哇哈哈哈哈哈！想用橡膠人偶欺騙觸覺比一般人加倍敏銳的我，以為我會上這種當嗎？妳們自以為騙過我，其實反而是被我這個瞎子給騙了。不過，夫人，妳雖然年輕，卻一肚子壞水，光憑這一點，就讓我覺得妳美麗至極、可愛無比。哇哈哈哈哈哈！」

盲獸嘲笑著。

如此這般，場景再度轉換。在橡膠人偶事件的兩、三天後的深夜，有艘汽船行駛於距離東京有百里遠的I灣。

船尾的三等船艙鋪著十五、六張紅褐色的榻榻米，鐵絲網包覆的十燭光電燈陰森森地照著如鮪魚般橫躺的乘客們。牆上隨處可見的圓形船窗外即是海面，隨著船身搖晃，白色浪花沙沙地沖撞玻璃窗。

船艙最為幽暗的一角，有四、五個乘客還沒睡覺，依然在說話。留著鬍碴的黝黑鄉下老爹、臉龐被海風吹成暗紅色的海產中盤商、穿起錦紗縐綢一點也不合適的粗野婦人、漁村的小學老師，在這些人之中，成了談話中心的是戴著墨鏡、穿著和式斗篷大衣、一副紳士派頭的盲獸。

東京是待不下去了。盲眼殺人魔知道三個寡婦已經報警，因此決定遠走高飛。也不知他是如何逃出警方布下的天羅地網，只見他大剌剌坐在船艙裡。想當然耳，沒有任何乘客起疑，只當他是個不用靠按摩維生的幸福瞎子而已。

「對了，各位，雖然我不是商人，不過我有個親戚經營的食品店倒閉了，用近乎免費的低價賤賣一些貨品給我。」

盲人突然改變話題，說出這番莫名其妙的話。聽眾之中最為敏銳的海產中盤商暗忖：

「啊哈，這個傢伙居然演起船中戲。原來是上船來賣東西的，難怪這麼能言善道。」

「就是這個。」

盲人從身旁的行李箱中摸出幾個紅色大包袱，堆放在膝蓋前。

「鎌倉火腿，脂肪多，鹹度適中，非常好吃。雖然每包的外觀不太一樣，但一包的批發價至少要三圓。我拿這麼多也沒用，所以打算留下一包就好，其餘的分給大家。不過免費贈送又太失禮，就當作是我放進行李提上船來的運費，開價一圓如何？這麼大一包才一圓喔！不用擔心，裡頭的火腿才剛離開公司倉庫，很新鮮的。要先試吃個一小口也行。」

看起來足足有五、六百錢的火腿居然只要一圓，確實是近乎免費。

「好，我買，全都賣給我吧！不用驗貨了。來，多少錢？總共十五包啊？好，十五圓……」

海產中盤商發揮商人本色，立刻決定全買下來。

「哎，等等，這怎麼行呢？讓你一個人全部買走，我心裡過意不去。大家有緣同船，我希望眾人一起分享，一人一份。」

盲人提議。

「啊，是嗎？說得也是。」

中盤商爽快地放棄。

「那就把睡覺的人也叫醒，一人買一份吧。這麼便宜的東西，可不是隨時都買得到。」

於是，莫說清醒的乘客，就連睡著的人也被叫醒，開始在昏暗的電燈下進行奇妙的交易。大拍賣的鎌倉火腿就這麼生了翅膀，一一飛走。

「這下子我的行李變輕，大家也做了筆划算的生意。這可不是便宜的劣質品，而是上等好肉，脂肪多又有咬勁。因為是剛宰的年輕母豬肉。」

盲人一如往常，露出詭異的獰笑舔舐嘴唇。

不久，汽船在某個南方漁村下了錨。

「那麼，我先失陪。各位回家以後，請立刻品嘗那些肉。再見。」

盲人在侍應生的攙扶下走上甲板。他一面獰笑，一面用看不見的眼睛一再回顧身後。

卸下乘客與行李後，汽船再度起錨行駛。四十幾歲的漁夫粗魯無文地說道：

「啊，我肚子餓了。這肉可以生吃吧？先來吃一塊看看。」

他撕扯火腿的包裝，紅布外翻，露出黏答答的生肉。然而，不知何故，漁夫稍微扯破紅布之後，卻露出詫異的表情停下動作。

「咦？奇怪，這隻豬竟然長指甲。你們看，那個畜生賣這種鬼東西給我。」

「哈哈哈哈哈！想也知道是這麼回事。這麼說來，也有長毛囉？」

身旁的男人邊窺探打開的包袱邊說道。

「不，沒長毛，可是這隻豬居然有手指。」

男人喝了些酒。

「一根、兩根、三根、四根、五根，有五根細長的手指。豬有五根手指嗎？」

「少犯傻啦！別說四根、五根，豬根本沒有手指。拿來，讓我看看。」

身旁的男人搶過包袱，檢查外露的詭異蒼白物體。然後，也不知道他怎麼了，突然將包袱扔得遠遠的。

「嚇死人啦……我什麼都不知道，什麼都沒看到。阿彌陀佛，阿彌陀佛。」

他居然念起經來。

「搞什麼？怎麼回事？」

見到這番奇異的光景，小學老師滿心疑惑，撿起男人扔出的火腿包袱查看。

只見紅布之中露出五根蒼白的指頭抓著空中，看起來和寄居蟹腳一樣噁心。

「哇，是人的手，而且是女人的手。大家快把剛才買的火腿打開來看，快點快點！」

他臉色大變，大聲怒吼。

有些人覺得噁心，根本沒檢查便把剛才小心收好的火腿扔掉；也有人戰戰兢兢地扯開布，窺探裡頭。

有的包袱裡裝的是腳掌，有的是腿，有的是肋骨。一名婦人發現從中切斷、帶有半截鼻子與嘴巴的臉部肉片，嚇得驚聲尖叫，當場昏倒。

「喂，快停船，發生了重大事件。剛才殺人犯就在這艘船上，現在立刻折回出發的港口，把剛下船的瞎子抓起來。喂，快停船！」

小學老師迅速跑上甲板，一面四處奔走一面怒吼。

盲人天國

然而，當汽船返回港口時，盲人已然無影無蹤，不知前往何方。港口的人甚至不知道曾有這樣的瞎子下船。

盲獸越來越大膽。他身為通緝犯，不但繼續進行瞎子之旅，甚至將寡婦麗子的肉切成數截，製成可怕的鎌倉火腿，向船上的乘客兜售。他究竟在打什麼主意？如此明目張膽地炫耀自己與自己的罪行，難道他以為可以永遠逍遙法外嗎？

不過，他當然不會一直在這個港町逗留。他連夜趕路、翻山越嶺，隔天早上便抵達一個沒有火車或汽車經過、連汽船也不停泊的冷清漁村。

隔天是個風和日麗的好日子，海面散發美麗的藏青色光芒。放眼望去不見人影的海岸上，有四個海女正在巨岩的陰影處生火取暖。

四個人都很年輕，有著豐滿的古銅色身軀，像男人一樣穿著紅色的棉質丁字褲，除此之外，身上一絲不掛。海女們猶如相撲力士般圍著柴火抬腳蹬地的驚人光景，足以令都市人大吃一驚。

「阿留，上工吧！」

最年輕的海女招呼另一個海女。

「妳先下水吧。真勤勞，有個俊俏的老公，工作起來可起勁了。」

年長的海女用響徹數百尺的宏亮聲音調侃她。

「羡慕嗎？妳也快去找個好男人吧！好了，快下水！」

年輕海女留下這句話，便衝上岩石。古銅色的渾圓肉球在黑色岩石上躍動，紅色的棉質丁字褲夾在肉與肉之間，看起來像絲線一樣細。

「哦……」

開朗的吆喝聲在空中迴盪，乳房與屁股呈現渾圓S形的海女身體浮上空中，製造出高聳的水花，隨即又一路沉入水底。採集黏在岩石上的鮑魚是她們的工作。

一分鐘、兩分鐘過去，海女的肺活量相當驚人。不久，潮濕的腦袋出現於波浪之間，搖頭甩水的臉龐上泛著美麗的紅暈。

「大豐收啊。」

她一面游泳，一面舉起手來展示兩顆大鮑魚。從岩石上望去，游著蛙式的少女，兩顆在水中看來隱約泛白的桃子以紅色細線為界線，活潑地交互躍動著。

不久，她爬上海岸，全身濕淋淋的，一路滴滴答答地奔向柴火邊。

「是鮑魚？還是珍珠？」

一道奇妙的聲音傳來，海女們驚訝地回頭一看，只見岩石背後有個戴著圓框眼鏡、身穿和式斗篷大衣的男人拄著拐杖走過來，似乎是個盲人。面對都市人，基於禮貌必須遮掩身體，不過瞎子就無妨了。年輕海女鬆了口氣回答：

「是鮑魚。珍珠哪有那麼容易採得到？」

「是嗎？但就算是鮑魚，妳們的收入也很豐厚吧？可以輕輕鬆鬆地養活老公。」

盲人邊走向柴火邊說道。

「這裡的男人不像都市裡的人那麼俊俏，沒什麼看頭。」

年長的海女莫名謙虛地說道。

「哈哈哈！都市裡的人又不全都是明星，也有像我這樣的醜八怪。」

盲人與海女並肩佇立，一面對著柴火烘手，一面故作親暱地說道。

「醜八怪？你的眼睛看不見，怎麼知道醜不醜？」

海女不甘示弱地反駁。

「我當然知道，這就是所謂的心眼。為了證明，不如讓我猜猜妳們之中誰是長得最標緻的美人吧？」

「哈哈哈哈哈！美人？這種地方哪來的美人啊！哈哈哈哈哈！」

說歸說，「美人」這個字眼依然逗得海女們心花怒放，個個笑得花枝亂顫。

「任何地方都有美女。我來猜猜，妳們四個人裡頭誰最美呢？」

說著，盲人把手放在身旁的海女肩上，順著背肌一路往屁股摸下去。

「嗯，實在太棒了。我是在都市裡長大的，只認識都市裡瘦弱女人的肌膚；和妳們的身體相比，她們簡直是不值一提的穢物。這種渾圓飽滿的精氣實在太美妙。倘若妳們不是美女，世上還有美女嗎？」

盲人心滿意足，露出平時那種詭異的笑容，不斷撫摸海女的身體。換作一般人，早就逃之夭夭；但是海女的肌膚觸覺遲鈍，再加上對方是盲人，因此沒有戒心，也並未發怒。

「哎呀，好癢喔！哈哈哈哈哈！這個人真討厭，嘴巴這麼甜。」

受到讚美的海女扭動身軀，面露靦腆之色，開心地說道。

「好，換下一個人。那邊的年輕姑娘想必是個美人吧。」

盲人步步逼近。

「她是我們村子裡長得最標緻的。不過你要是亂摸，她的俊俏老公會生氣喔！」

「哦？是嗎？村子裡的頭號美人啊，原來如此、原來如此。嗯，這邊是這樣，這邊是這樣。」

盲人舔舐嘴唇，宛若醫生般鉅細靡遺地檢查年輕海女的全身上下。

「嗯，確實是個美人。老實說，這麼美的身體，我連在夢裡都沒見過。啊，天國，這個村子就是我的天國。妳們能夠明白我的心情嗎？」

盲人懷著發自內心的喜悅，朝著遼闊的天空歡呼。

接著，剩下的兩人也接受同樣的診斷，在此就不贅述，全數省略。總之，這個奇怪的盲人在撫摸四個海女的赤身裸體後，大感驚異，嘗到了連在夢裡也沒嘗過的天國滋味。

檢查完畢後，盲人從懷中拿出沉甸甸的錢包，一面用雙手把玩，一面談起生意。

「我要買下妳們採到的所有鮑魚，價格多高都不成問題。無論是一顆十圓或一顆二十圓，隨妳們開價。不過，我有個條件：妳們必須答應我，不會把這件事告訴妳們的老公或村人，明白嗎？換句話說，我想私下和妳們做生意；相對地，我可以付出行情的十倍，甚至二十倍的價碼。」

聞言，海女們相視而笑，最後給了無言的肯定答覆。海女們並不明白盲人的用意，但一來這個村子相當貧窮，二來她們缺乏貞操觀念，因此被金錢迷了心竅，默默地應允。

當天傍晚，在距離村子甚遠的杳無人跡之地，盲人佇立於巨岩背後，似乎在等人。

首先依約前來的是最年輕的海女。她穿戴整齊，手上拿著裝有鮑魚的網袋。

「老闆，你真的在這裡等著啊？我還以為是開玩笑呢。」

她一臉羞澀地說道。饒是海中的女英豪，與都市的男人見面，也不由得流露靦腆之色。

「怎麼會、怎麼會呢？我是認真的。我才在擔心妳會不會爽約。」

「其他人還沒來嗎？」

「還沒。正好，我有事找妳。」

黑暗之中，盲獸發出舔舐嘴唇的咂咂聲，一雙猿臂猶如不可思議的生物，朝海女的結實肩膀伸去。

之後發生了什麼事，只有住在岩縫裡的一隻螃蟹知道。

近視眼的螃蟹看見眼前有兩隻古銅色的女人腳踝。這是牠唯一看見的事物。

然而，這雙腳踝卻在半個鐘頭裡變化成各種形狀，令牠感到極為不可思議。有時候腳掌上出現老婆婆額頭般的皺紋，有時候卻又像金屬板一樣平坦無瑕。

最後，那雙腳疲軟無力地躺在地上，轉眼間便血色全失，古銅色的皮膚變成土褐色；非但如此，不知打哪兒冒出一道濁黑色的血流，猶如河川一般沿著腳踝潺潺流動，隨即在白色沙地上劃出一個鮮紅色的圓。

聞到甜美的血腥味，螃蟹忍不住爬出洞穴，踮著腳走向血河。牠感覺似乎沒有危險，便下定決心爬上腳踝，吸吮甘甜的草莓汁。螃蟹繼續往上爬後，不禁大吃一驚，因為這隻腳居然從中截斷，膝蓋底下突然變成鮮紅色的懸崖。懸崖斷面以白骨為中心，垂著如牛肉般可口的鮮紅物體，血淋淋的番茄汁美麗地流動。

如此這般，可憐的第一個海女成了殺人魔盲獸的犧牲品。

盲眼的雕刻家

筆者似乎花費太多篇幅在這個以殺人為樂的盲眼淫魔身上，一路描述這個故事的主角盲獸，是如何玩弄、殺害、肢解歌舞團女王水木蘭子、咖啡廳的中年女老闆珍珠夫人、寡婦俱樂部的年輕會員大內麗子，以及身強體健的漁村海女，並把她們的屍首用匪夷所思的方法暴露於眾目睽睽之下的駭人始末。

當然，他的惡行並未就此告終。照理說，應該繼續敘述他是如何殘忍地玩弄並殺害第二、第三個海女，用什麼方法將這些分屍後的肢體從附近的都市上空一灑而下，以及離開漁村之後，盲獸的觸手又伸向何方，找上什麼樣的女人、用什麼樣的手法玩弄處置她們。不過，再繼續寫下去便是畫蛇添足了。筆者膩了，各位讀者想必也早已膩了。

最後一件非寫不可的事，就是盲獸那略微奇特的末路。

這個故事裡沒有偵探，也沒有警察登場。盲獸巧妙地逃過法網，直到最後都沒有被逮捕。那麼，惡人始終不滅，犯下了惡行也沒有遭受任何天譴嗎？這當然是不可能的，盲獸最後死了。

不過，說來有點愧對天地，這個惡人的末路並不怎麼悲慘。不，他甚至可說是在快樂喜悅、了無遺憾的狀態之下瞑目。這是一件令人難以置信的奇妙怪事。盲獸給這個世界留下不可思議的禮物，從這個禮物可以想像出他的死亡並不悲慘。

如同貝類生病會產生珍珠一般，他的醜惡怪癖也留下驚人的遺產。換個想法，他極盡殘暴的一生，或許只是為了製造這個美好禮物的手段。倘若真是如此，縱使無法一筆勾銷，至少也能消去他一半的罪孽吧——這份禮物便是如此貴重。

如此這般，故事快轉，在盲獸造訪漁村一年多後的秋天，某日，N美術展覽會的有力審查員——素以怪癖聞名的雕刻家首藤春秋，收到某個未知人物的來信。

信中內容如下所示：

今年秋天的展覽會，我衷心希望自己一生的心血結晶能夠參展。

那是在任何國家、任何時代都沒有先例，美麗又不可思議的美術品。為了我自己也為了美術界，無論如何，希望老師能夠大發慈悲，讓這個作品展出。

老師，我是個盲人。這是盲人奉獻四十餘年的人生製作的觸覺藝術，帶有七個女人的鮮血，獻上了七個女人的生命。

不知道我這麼說，能否激發老師的好奇心？不，我相信老師一定會答應我的請求，並對此深信不疑。

如果老師願意答應我這懇切的請求，請按照下述的指示，造訪我奇妙的工作室。基於某種緣由，我無法踏出這個祕密工作室半步，只能勞煩老師移駕。

老師，您是否覺得可怕？面對如此異樣的請求，是否裹足不前？

不不不，我認為老師不是這樣的人，您一定會來的。

前往工作室的路徑：

麴町區Y町有一棟門牌號碼與屋主不詳的宅院，只要在附近詢問鬼屋在哪裡就知道了。請老師獨自進入這棟鬼屋。走進玄關以後，沿著正面的走廊直走到盡頭，有一面嵌滿整面牆的大鏡子，請老師把手伸到鏡子右側柱子上的橫木後方，找到一顆小按鈕並用力按下去，這麼一來鏡子便會開啟，現出裡頭的祕密通道。前進一、二十尺以後，您會看見一個箱形物體，那是通往我的地下工作室的升降梯。如果老師知道如何操縱升降梯，數秒過後，就會抵達工作室內部。

某個盲眼雕刻家敬上

首藤大師考慮了一天一夜。他覺得這封信是個陷阱，甚至帶有犯罪的氣息。然而，首藤大師畢竟是美神的信徒，對於盲人的信心之作萌生的好奇心壓倒了他的恐懼感。

作者是盲人、異樣的工作室所在地，都正合這個古怪美術家的喜好。搞不好這回挖到寶了——這樣的預感使得這位美術家著了魔。

隔天，首藤大師獨自前往指定的地點，很快便找到那座宅院。

他輕而易舉地拉開門。

戰戰兢兢地走進宅院一看，原來如此，的確是棟鬼屋。玄關和走廊布滿蜘蛛網，每走一步就灰塵滿天飛。走廊盡頭確實有面大鏡子，但是骯髒不堪，已完全無法發揮鏡子的功用，上頭甚至有道大大的裂痕。

首藤大師拿出事先備好的手電筒，小心翼翼地檢查四周，摸索橫木後方，果然有顆按鈕。他按下按鈕，大鏡宛若妖魔鬼怪無聲無息地移動，張開漆黑的大口。

饒是首藤大師，見到這個宛若魔窟的洞穴，也忍不住想打道回府。他後悔自己沒有請警察陪同，或是至少帶個書生（註15）前來。

不過，這個美術家除了有怪癖以外，還擁有超乎常人的膽識。

「哎，管他的，闖進去！」他鼓起學生時代的莽勇步入洞穴裡。走進升降梯之後，他亦是毫不遲疑地握住轉盤。

這棟鬼屋看來像是空屋，其實並非空屋，有電線不足為奇。然而，當馬達隨著轉盤轉動而轟然作響時，他還是忍不住心驚膽跳。

不過，升降梯毫無異狀，順利抵達地底。

首藤大師踏出升降梯一步，將手電筒轉向地底的黑暗，見到光圈之中映出的異樣光景，他忍不住發出驚叫聲。

如同各位讀者所熟知，地底有著各種尺寸、各種體態、各種色彩的人體部位，或如小山橫臥，或如雜草叢生，或如柱子聳立，或如果實纍纍。

臀山屹立不搖，大腿坡道傾斜而下，手臂森林搖搖盪盪，乳房果實成熟欲墜，六尺長的鼻子張大了鼻孔，一丈高的嘴巴哈哈大笑。

面對這幅難以形容的地獄風景，首藤大師先是大吃一驚，然而，隨著手電筒光圈沿途掃視，他不禁為了這些錯綜複雜的曲線之美而深深感動。

他越來越著迷，一步步地走向深處。詭異的書信、寄信的盲人以及自己目前身在恐怖的地底洞窟之事，全都被他拋諸腦後。他被眼前惡夢般的光景深深吸引。

「太驚人了，世上竟有如此恐怖的人。不，等等，他該不會以為如此龐大的物體可以送到展覽會上展出吧？不，不對。是那個，肯定是那個。」

光圈之中突然映出某個異樣的物體。

那看起來像個裸女雕像。在長方形的木台上，看似女人像的物體正以不可思議的姿態橫臥著。

為何說是「看似」？因為那是在任何展覽會上都未曾見過的瘋狂塊狀物。無論再怎麼信奉達達主義，也不至於雕刻出如此醜陋的雕像吧。

然而，說來不可思議，首藤大師的視線竟完全釘在這個白色塊狀物之上，無法移開。

他恍然大悟。

眼睛閃閃發光，心臟撲通亂跳，腋下冷汗直流。

註15／指明治、大正時期，借住他人家中幫忙家事的讀書人。

首藤大師驚為天人，這個瘋狂的塊狀物帶有的異樣之美深深打動他。

他扔下手電筒，撲向醜陋的雕像。

接著，他用藝術家的敏銳手指貪婪地撫摸雕像表面。

「太棒了、太棒了。這是什麼觸感？這是什麼觸感？多麼美好啊！」

他斷斷續續地說著這番莫名其妙的話語。

惡魔的遺產

說來不可思議，寄信給首藤大師的盲人並不在地底的工作室，也不在宅院的任何角落。首藤大師千方百計地尋找這個驚人的天才作家，但是到了展覽會的送件期限當天，盲人依然沒有現身。

不過，作者確實想展出這件作品。

如此寶貴的作品，只因為作者下落不明便埋沒地底，未免太可惜。因此首藤大師獨排眾議，成功地以作者不詳的名義讓這座雕像入選。

N展覽會開幕了。

果不其然，作者不詳的雕像轟動整個社會。不過，那是出於「怎麼會讓這種愚蠢作品入選」的責難之意。

無論是外行人或內行人，參觀者一來到這座雕像前，無不瞠目結舌。

裸體美人共有三張臉、四隻手和三隻腳，非但如此，這些臉和手腳或大或小、或肥或瘦，看來參差不齊、雜亂無章。倘若調和與均勻是美的要素，這個作品正好與美背道而馳。散亂的頭髮下有一顆頭顱，這顆頭顱三方有著三張臉；換句話說，這個女人有六隻眼睛、三隻鼻子和嘴巴。第一隻手臂以肘抵地，拄著這顆奇妙的頭顱；第二隻手臂撐著後腦（說歸說，後腦也有一張臉），手肘騰空；第三、第四隻手臂在胸前交叉，宛若擁抱什麼。而它的胸口——異常寬敞的胸口宛若野獸一般，有四個大小不一的乳房。屁股上則有三個小丘，小丘之間形成兩座深谷。三隻腳有的彎曲、有的伸展、有的豎膝，粗野地交纏在一起。

與其說這座雕像的醜陋是來自於過多的手腳，不如說是因為人體各個部位的比例混亂到直至瘋狂的地步，乍看之下完全不像人類。比如說，頭部異常地小、脖子長得可怕、背部是一般比例的兩倍寬、腹部和板子一樣平坦、屁股異常隆起，這種不均勻遍及各個細部。

人們見到這座雕像，第一個反應都是瞠目結舌，接著又噗哧一笑。就像戲劇有喜劇一樣，倘若雕刻也有喜劇，這個作品應該是極為成功的喜劇吧。不過，參觀者不習慣好笑的雕刻，往往只是失笑輕蔑，隨即便通過作品前方。

那麼，首藤大師為何要讓這個滑稽的怪物入選呢？這座雕像究竟有什麼長處？個中祕密不久後便揭曉。

開展兩、三天後，N展覽會湧入大量盲人。是因為聽聞這個不可思議的雕像是出於盲人之手嗎？不，縱使作者同為盲人，看不見的參觀者也不可能單單為了這個理由蜂擁而至。莫非是這個作品擁有什麼吸引盲人的特徵？

最好的證據便是，入場參觀的盲人對其他作品不屑一顧，全都聚集在這座不可思議的雕像周圍，流連忘返地撫摸女人像。就如同首藤大師剛發現這座雕像時，頭一個動作就是撫摸它的表面一樣。

另一方面，某大報的文藝專欄刊登了審查員首藤春秋的奇妙論文，震驚了百萬讀者。

這篇論文名為「觸覺藝術論」，是一篇介紹並推薦作者不詳的古怪雕像的長篇文章，分成數日連載。這裡不便刊載全文，不過意思大致如下章所示。

觸覺藝術論

在這個世界上，有用眼睛觀看的藝術、用耳朵聆聽的藝術、用理智判斷的藝術，當然也有用手觸摸的藝術。

我們平日時常接觸的物品，比如書籍的頁面、筆桿、拐杖握把、門把、毛皮圍巾等等，除了眼見的形狀和色彩以外，觸覺上的美感亦是重大要素。製作者在製作這些東西時，必定也將觸覺列入考量之中。

這不過是觸覺之美的一個常見例子。那麼，我們能否將這種美當成一門藝術看待呢？我們從事的雕刻藝術，著重於平面的凹凸，可說是與觸覺之美最為息息相關的藝術，但是自古以來，從未有作者單以觸覺之美為題創作。他們追求的是眼見的形狀，而不是手摸的形狀。即便使用大理石為材料，他們優先考量的也不是觸覺。

說來奇妙，我們只顧著考量視覺，完全不介意觸覺。這是為什麼？理由無他，正是因為我們有眼睛，因為我們不是盲人。

倘若人類的嗅覺和狗一樣靈敏，這個世上的氣味藝術應該會大為發達吧。同理，如果我們沒有眼睛，這個世上的觸覺藝術必然會更加發達。

然而，雖然比不上盲人，我們生來也擁有相當敏銳的觸覺。我們該繼續這樣漠視觸覺嗎？除了閨房遊戲以外，難道這種敏銳的觸覺沒有其他用處嗎？

觸覺的藝術！這正是留待我們雕刻家開拓的一個重大領域。用眼睛觀看的形狀與用手觸摸的形狀看似相同，其實兩者有著天壤之別，也因此，觸覺雕刻與現有的雕刻定然完全不同。

我從平日便抱持著這種半是夢想的看法，而在某一天，我接觸了某個無名盲人的生涯力作，確認我的夢想絕不只是夢想。當時，我樂得幾乎快手舞足蹈。

這個作品若用眼睛來看，不過是個毫無意義的塊狀物；然而，倘若閉上眼睛撫摸表面，就能發現與過去眼見的形狀全然不同的另一個新世界，並為此驚愕不已。在這個作品之中，存在著純粹的觸覺之美，存在著因為視覺阻礙而未能察覺的另一個世界。

這是唯有盲人才能創作的作品，也是唯有盲人才能真正鑑賞的作品。

現在，每天都有許許多多盲人聚集在這個展覽中的盲人作品前，享受美麗的觸覺饗宴。這不正是替我的觸覺藝術論背書的最佳證據嗎？盲人完全不碰我們視為傑作的雕像，反而一窩蜂地湧向我們眼中的滑稽作品。

接觸盲人的傑作之後，我有生以來頭一次為了自己有眼睛而感到遺憾。因為我的觸覺不夠純粹，無法充分品味這個作品。

不過，世上的各位明眼人，不用為了你的不幸而過於悲傷。縱使不及盲人，我們依然可以稍微領略這座雕像之美。那是種什麼樣的美？這不是筆墨所能形容的。想要一探觸覺祕密世界的人，請前往N展覽會的雕刻室，站在這座雕像前，閉上眼睛，靜靜地撫摸它的肌膚吧！

這篇不可思議的論文發表之後，展覽會的入場民眾暴增，而且這些民眾全都聚集在那座雕像周圍。現在不光是盲人，就連明眼人也爭先恐後地觸摸雕像的肌膚。有人領略了它的美，也有人無法領略；不過，至少每個人都會用指頭去觸摸它，而他們往往深受感動，忍不住讚頌無名的盲眼作者。

每一天，都有個醜陋的中年盲人混在人群之中，呆立於雕像前。他並未用手指觸摸雕像，只是在人潮中擠來擠去，傾聽群眾的說話聲並暗自竊笑，沉浸於自己的喜悅之中。

觸覺美術的聲勢一天比一天高漲，展覽會的入場人數也隨著閉展日期接近而越發增加。

盲眼雕刻家的作品轟動了整個社會。

終於到了展覽會的最後一天。這一天，好奇心旺盛的民眾一大早便直衝雕刻室。他們在目標雕像之上發現一個不可思議的物體，不由得一陣愕然，愣在原地。

有個醜陋的盲人攀附在四臂三腳的裸女之上斷了氣。他口中淌下一道毛線般的血絲，美麗地點綴著雕像的白皙肌膚。

這個盲人即是轟動社會的觸覺美術品的作者。如同各位讀者輕易料想到的一般，他正是我們口中的盲獸。

盲獸追尋各種女性的肉體，嘗遍了形形色色之美。莫非他已經厭倦殺人的樂趣？又或是他的各種罪孽不過是一種手段，將盲眼世界的藝術流傳人世才是他的最終目的？筆者無從得知。無論如何，他留下了足以抵銷一半罪孽的美好禮物，聆聽著燦爛的讚賞聲，了無遺憾地愛撫自己的作品，快快樂樂地服毒自殺了。

不過，接下來這件事想必無人察覺。

那座雕像的一張臉、一隻手臂和一個乳房是以水木蘭子，兩個乳房、一個屁股和腹部是以大內麗子，某些部分是以漁村的海女，又有某些部分是以讀者不知道的美麗被害者為模特兒雕塑而成的，完美重現她們的觸感。因此，雕像的手腳才會或粗或細，異樣地不均勻。此外，盲獸在信中提及的「七個女人的生命」等詭異字句也無人留意，就連推薦人首藤大師亦不例外。無論這座雕像被保存到何時、造成多大的話題，這件事恐怕都會化為永久的祕密保留下來吧。

自註自解

〈芋蟲〉

發表於《新青年》昭和四年一月號，是我初期的短篇代表作之一。這是受雜誌《改造》之託所寫的作品，內容不但色情，又帶有輕蔑當時禁忌——金鵄勳章的字句，即使遮去再多關鍵字，也無法刊登在那時候已被相關單位盯上的《改造》，故而被退稿。於是，我又將稿件轉投《新青年》，《新青年》是娛樂雜誌，不至於如此神經質。不過，當我告知無法刊登在《改造》上的理由之後，《新青年》也有所顧忌，在遮去許多關鍵字的狀態之下才刊載這部作品。於《新青年》發表本作時，應編輯要求，將名稱改為「惡夢」。

這篇小說發表之後，我收到幾封左翼人士寄來的讚賞信，信中內容說，這篇反戰小說很有效果，希望我今後也多寫些這類意識形態的文章。不過，我並不是抱著左翼的意識形態而寫下這篇小說。我想寫的是極端的痛苦、快樂與慘劇，主題在於顯示潛藏於人類心中的獸性有多麼醜陋、可怕及可悲。之所以導入反戰性質的事件，純粹是因為這正好是最適合述說這種悲慘的題材。

當時正值太平洋戰爭開戰前夕，我有許多作品都被要求刪去部分內容，不過全文禁止出版的只有這篇〈芋蟲〉。左翼人士喜歡的事物受到右翼人士厭惡，是理所當然的道理。就如同我獲得左翼人士認同並不開心一般，被右翼人士厭惡我也並不覺得不合理。我是個說夢人，在現實世界中，無論受到任何待遇都不痛不癢。

〈芋蟲〉之所以被認為是我的代表作之一，是因為創元社的精裝本《犯罪幻想》等我的代表性短篇集中，必會收錄本作。在James Harris翻譯的英譯短篇集《Japanese Tales of Mystery and Imagination》中，也以「The Caterpiller」為名收錄了本作。此外，一九五四年（昭和二十九年）巴黎的《Noir Magazine（黑雜誌）》這本偵探小說雜誌，也以「La Chenille Jaune」為名刊登了這篇作品。法文版是由一名叫做Jacqueline Souvre的女士，從Harris的英譯翻成法文。

〈跳舞的侏儒〉

發表於《新青年》大正十五年一月號。大正十五年是昭和元年，這一年，我彷彿突然成了流行作家，寫了五篇長篇連載小說：大阪《苦樂》的〈在黑暗中蠕動〉、《天天星期天》的〈湖畔亭事件〉、《寫真報知》的〈空氣男〉、《新青年》的〈帕諾拉馬島綺譚〉和《朝日新聞》的〈一寸法師〉。除此之外，還寫了十一則短篇小說，這是我最初的作品多產期。我在《偵探小說四十年》中曾寫道：「這十一則短篇小說裡，只有〈跳舞的侏儒〉、〈阿勢登場〉和〈鏡子地獄〉這三篇稍微值得一提。」

〈跳舞的侏儒〉原稿是在大正十四年十月寫成的。當時我曾和橫溝正史先生一同從關西前往東京拜會森下先生等《新青年》的撰稿作家，這則短編的前半部便是出發前在家中所寫的，後半部則是在東京的丸之內飯店寫成。我還記得當時曾念給橫溝先生聽。

〈蟲〉

這則短篇分段刊載於《改造》昭和四年九月、十月號。這部作品起先曾將蟲這個字以長十字、寬三行的大小製成風格獨特的標題，在《新青年》上預告，但是實際上刊載的卻不是《新青年》，而是《改造》。本作所說的蟲並不是蛆蟲，而是一種眼睛看不見的極小蟲子。這種蟲緩慢但確實地腐蝕屍體的恐怖，正是這篇小說的中心主旨。殺人的動機是主角表白心跡時，後來被害的女性笑了；倘若笑的只有對方倒還好，可是主角也跟著笑了。這種羞恥與屈辱足以引發殺機。這個構想似乎是來自於我在青年時代閱讀的安德列耶夫短篇小說（英譯名稱為「我是狂人嗎？」）的深刻印象。

〈盲獸〉

連載於博文館的大眾雜誌《朝日》的昭和六年二月號至隔年的三月號，期間不時休載。當時寫完原稿並未再次閱讀，這次為了校訂才從頭到尾重讀一遍，讀完之後不禁大吃一驚，內容實在太變態了。我的作品之所以被指為荼毒偵探小說的色情血腥讀物，大概就是因為有這類作品存在之故。

其實，我很不想把這部作品放入全集裡，但若是因為我不喜歡就將其剔除，恐怕有大半作品都得消失，這樣便失去全集的意義。作者親自校訂就是有這個壞處。所以，我決定睜一隻眼、閉一隻眼，唯有尾聲的「鎌倉火腿大拍賣」這一章，連身為作者的我都感到作嘔，因此刪去了這個約有八、九張稿紙長的章節，並修改前後文，使文意變得通順（註16）。

倘若這篇小說有優點，應該在於「觸覺藝術」這個構想吧，曾有人說這一點很有趣。

不過，這是在我撰寫最後的兩、三章時才想到的點子，倘若單以這個構想為中心撰寫短篇小說，或許能寫出更有趣的作品。曾有人提出這種善意的批評：「他的通俗連載作品裡，不時摻雜突出的構想，但是往往未能發揚光大便結束了，著實可惜。」我自己也有同感，這樣的毛病同樣發生在其他長篇連載中。

註16／本書收錄的〈盲獸〉，雖是以桃源社《江户川亂步全集》第三卷（一九六二年九月）為底本，但作者刪除的「鎌倉火腿大拍賣」段落，已參照平凡社《江户川亂步全集》第九卷（一九三二年三月）、東京創元社《盲獸》（一九九六年二月）、光文社《江户川亂步全集》第五卷（二〇〇五年一月）之內容加以復原。

呇井淳　構想圖

關於本書：

一，本書乃是以桃源社發行的《江戶川亂步全集》（一九六一年～一九六三年）為底本，重新編輯而成。字句上，在尊重作者文風的前提下，為現代年輕人較難理解的漢字加上拼音，以易於閱讀為優先考量進行修改。

二，本作中有些以現代觀點來看有欠妥當的歧視字眼及歧視文句，但作者並無歧視意圖，又已是故人，為了尊重作品的藝術性與文學性，便維持底本原貌，不做更動。

Libre編輯部

輕文學
Light Literature

扭曲的欲望，令人戰慄的真相——
江戶川亂步唯一一部同性愛作品！

江戶川亂步傑作集 1 孤島之鬼

江戶川亂步／著　王靜怡／譯

我未及三十已滿頭白髮，這是受到極大震驚，黑髮一夜變白。妻子左側大腿上方有個大得可怕的傷疤，她的傷疤與我的白髮，源自同一件難以置信的事。
雖然我拙於言辭，還是想寫下發生在我們身上的事：關於我死在密室的戀人，關於對我懷有戀慕的男人，以及，人間地獄的那座孤島……

定價：NT$340/HK$105

輕文學
Light Literature

江戶川亂步的驚異奇想，
脫離世俗的變態情慾！

江戶川亂步傑作集 2 人間椅子 屋頂裡的散步者

江戶川亂步／著　　邱香凝／譯

以製椅維生的醜漢躲入自己的作品中，耽溺於在黑暗中感受坐上椅子的人體溫度、觸感與重量，最終愛上買下這把椅子的美貌貴婦……〈人間椅子〉、〈D 坂殺人事件〉、〈屋頂裡的散步者〉、〈帶著貼畫旅行的男人〉、〈鏡子地獄〉、〈帕諾拉馬島綺譚〉，六篇隱藏在黑暗中的祕密情慾與變態愛戀——

定價：NT$340/HK$105

國家圖書館出版品預行編目資料

江戶川亂步傑作集. 3, 芋蟲 / 江戶川亂步作 ; 王靜怡譯.
-- 初版. -- 臺北市 : 臺灣角川, 2016.12
面 ;　公分
譯自 : 江戸川乱步傑作集. 3, 芋虫
ISBN 978-986-473-432-0(平裝)

861.57　　105020302

輕文學 Light Literature

江戶川亂步傑作集 3 芋蟲
原著名＊江戸川乱歩傑作集 3 芋虫

作　　者＊江戶川亂步
插　　畫＊咎井淳
譯　　者＊王靜怡

2016 年 12 月 22 日　初版第 1 刷發行

發 行 人＊成田聖
總 編 輯＊呂慧君
主　　編＊李維莉
文字編輯＊溫佩蓉
資深設計指導＊黃珮君
美術設計＊邱靖婷
印　　務＊李明修（主任）、張加恩、黎宇凡、潘尚琪

發 行 所＊台灣角川股份有限公司
地　　址＊105 台北市光復北路 11 巷 44 號 5 樓
電　　話＊（02）2747-2433
傳　　真＊（02）2747-2558
網　　址＊http://www.kadokawa.com.tw
劃撥帳戶＊台灣角川股份有限公司
劃撥帳號＊ 19487412
製　　版＊尚騰印刷事業有限公司
I S B N＊978-986-473-432-0

香港代理
香港角川有限公司
地　　址＊香港新界葵涌興芳路 223 號新都會廣場第 2 座 17 樓 1701-02A 室
電　　話＊（852）3653-2888

法律顧問＊寰瀛法律事務所